ホーンテッド・キャンパス

待ちにし主は来ませり

櫛木理宇

角川ホラー文庫
22649

CONTENTS

HAUNTED CAMPUS

Characters introduction
八神《やがみ》森司《しんじ》
大学生（一浪）。超草食男子。霊が視えるが、特に対処はできない。こよみに片想い中。
灘《なだ》こよみ《こよみ》
大学生。美少女だが、常に眉間にしわが寄っている。霊に狙われやすい体質。
イラスト／ヤマウチ シズ

HAUNTED CAMPUS
黒沼麟太郎《くろぬま　りんたろう》
大学院生。オカ研部長。こよみの幼なじみ。オカルトについての知識は専門家並み。
三田村藍《みたむら　あい》
元オカ研副部長。新社会人。身長170cm以上のスレンダーな美女。アネゴ肌で男前な性格。
黒沼泉水《くろぬま　いずみ》
大学院生。身長190cmの精悍な偉丈夫。黒沼部長の分家筋の従弟。部長を「本家」と呼び、護る。

HAUNTED
CAMPUS
鈴木瑠依《すずき るい》
新入生。霊を視ること
ができる。ある一件を
通じ、オカルト研究会
の一員となる。
小山内陣《おさない じん》
歯学部に通う大学生。
甘い顔立ちとモデルば
りのスタイルを持つ。
こよみの元同級生。

プロローグ

HAUNTED CAMPUS

あと一週間とすこしで、雪越《せつえつ》大学も冬季休みに突入する。

しかしその前に、八神《やがみ》森司《しんじ》にとってはなにより大事なイベントが存在した。そう、クリスマスである。

正確に言うならば大事なのはクリスマスの前夜祭であり、もっとこまかく言うならばその夜をいかに過ごすかだった。

クリスマスイヴといえば、子供たちにとってはケーキとプレゼントを楽しめる日。親世代には懐が痛む家族サービスの日。祖父母世代にとっては、孫の笑顔を見られる良き日であろう。そして会社員にはただの平日であり、恋人も想い人もいない若者には忌々しく騒がしい日でしかない。

だが今年の森司には、どれも当てはまらなかった。

なぜなら生まれてはじめて、彼は女の子と二人きりでイヴを過ごすからだ。しかも相手は、長年の意中の乙女であった。

約束はすでに取りつけた。そこにこぎつけるまでには、汗と苦闘の日々があった。

なぜか冬季市民競技大会に出場することになり、あまつさえ「一位でテープを切れたら、クリスマスにデートしてくれ」と迫るなどという、まったくもって彼らしくない暴挙に出てしまった。

しかし、森司はその賭《か》けに勝った。

正直言えば、あまり恰好《かっこう》いい勝ちかたではなかった。やはり元短距離走者にマイルリレーは厳しく、後半はバテにバテた。それでも一位でゴールできたのは、チームの第一から第三走者が、

「おれたちの肩に若者の未来がかかっている」

「ここでデートさせてやれなかったら、一生後悔する」

と死にものぐるいで走ってくれたおかげである。

結果、メンバー全員が——森司でさえも——走りきった直後にぶっ倒れた。酸素吸入器のお世話になったばかりか、表彰台にすら這《は》いあがれぬ醜態をさらした。

しかし、そんな瑣末事《さまつじ》はどうだっていい。

勝ちは勝ちだ。夢見たような爽《さわ》やかな勝ちっぷりでなくとも、勝負は結果がすべてである。見てくれがどうだろうと、一位に変わりはないのだ。

というわけで、クリスマスイヴまであと四日。

森司は大学構内を歩いていた。

初雪はすでに見た。大学の駐車場に居並ぶ車は、どれもタイヤをスタッドレスに交換

し終えている。銀杏《いちょう》並木はとっくに裸で、構内の中庭を歩けば冷えた風が頬を叩《たた》く。女子学生のマフラーからはみだす後ろ髪が独特のカーブを描き、誰の足もとも雪国らしい防寒第一のブーツで固められつつある。

大学の研究棟を通りすぎ、森司は厚生センターへと着いた。

まずはＡＴＭでいくらか金を下ろす。次に購買部へ行き、シャーペンの芯《しん》を買い足した。そして掲示板の前で、ふと足を止める。

目を射たのは、赤字の太マジックで殴り書きされた「厳禁!!」「危険!!」の文字だった。構内で、こんな毒どくしい色合いを見るのはめずらしい。いったいなにごとか、と森司が張り紙を読もうとしたそのとき――。

ふわりといい香りがした。

反射的に目線を下ろす。

まず視界に入ったのは、つややかな光の輪を冠した黒髪だった。

最近すこし伸びた髪を、首のすぐ上でちいさなお団子に結っている。白いうなじがまぶしい。いや言ってしまえば、長い睫毛《まつげ》もなめらかな頬も、張り紙を真剣に見つめる漆黒の瞳《ひとみ》も、眉間《みけん》に深く刻まれた皺《しわ》さえ、すべてがまばゆく美しい。

森司の長年の想い人、灘《なだ》こよみその人であった。

「こよみちゃ――、じゃなくて灘。お、おはよう」

「おはようございます、先輩」

こよみは馬鹿丁寧な会釈を返してから、

「……再生数、いいみたいですね」と張り紙を指でさした。

「え？」

「〝例の〟動画配信者くんです。いろいろと話題にのぼった余波か、構内で撮った悪ふざけの動画までかなりの再生数みたいですよ。『教授室に爆竹を放りこんで、リアクションを撮ってみた』だとか……。だから学生課が、かんかんなんです」

「ああ。あの配信者くんか」

合点して森司はうなずいた。

つまりこの張り紙は、大学構内での過激な撮影を禁じているらしい。文字にこもった怒りも、これで納得がいった。

「あいつの動画って、『スケボーで農学部の畑を飛び越えられるか』だの、『駐車場の出入り口で寝そべって何分粘れるか』だの、そんなんばっかだったもんな。典型的な迷惑系配信者だよなあ」

「真似する高校生がぽつぽつあらわれて、大学に苦情が来ているそうです。――でも、それより」

こよみが声のトーンを落とす。

「彼本人が、心配ですよね」

「ああ。でもいまのとこ、おれたちにはどうにもできないからな」

　嘆息し、森司はこよみと肩を並べて歩きだした。ちょうど時刻は昼どきだ。二人の足は、自然と学食へと向かった。

「と……ところで、灘」

　できる限りのさりげなさを装って、森司は切りだした。

「イヴは、いや二十四日は、よ、予定どおりに午後六時からで大丈夫、かな」

「え、あ、はい。大丈夫です」

　答えながら、なぜかこよみは顔をそらした。

「そ、そっか」

「はい」

「そりゃよかった。……いや、べつに他意があって訊《き》いたわけじゃないんだ。だけど、ほら、もし急用が入ったりしても、おれはいくらだって時間ずらせるから。もしそうなら、遠慮なく言って。中止になるよりよっぽどいいっていうか、ほんと、灘の都合に合わせるから。キャンセル以外の事態なら、おれは全方向に対処するから」

「ありがとうございます」

　こよみが頭を下げた。

「でも、大丈夫です。問題ありません。せ、先輩こそ、不都合があったらいつでも言ってくださいね」

「いやあ、おれに不都合なんかあるわけないよ。ないない。完全にない。もし不測の事態が起こっても、灘との約束を優先する。ほんと、這ってでも行く」

言い張りながら、森司は手の甲で額を拭《ぬぐ》った。

十二月の下旬だというのに、どうしたわけか頭皮から汗が噴きでてくる。顔と耳たぶがやけに熱い。おまけに森司もこよみも、なぜか異様な早足になっていた。

べつだん早く学食に着きたいわけではない。むしろ逆だった。

この二人きりの時間を、もっと長く堪能《たんのう》していたい。なのに体が勝手に動くのである。最近いつもこうだ。来たる二十四日のことを思うだけで気が急《せ》き、全身が発熱する。とにかく、じっとしていられない。

結果、学食にはいつもの七割強の時間で着いてしまった。

おまけに二人とも疲れきり、肩で息をしていた。

「ご、ごめん」ぜいぜい喘《あえ》ぎながら、森司は謝罪した。

「おれが早歩きになっちゃったせいで、灘まで……。お昼前に、きみを疲れさせてしまった。ほんとうにごめん」

「いえ、わたしこそすみません」

こよみが首を振る。

「先に早歩きになったのは、わたしのほうだと思います。なにかこう、いてもたってもいられなかったというか。けして急ぎたいわけではないのに、顔と体が熱くなって、その熱に足まで駆り立てられるというか」

「わかる」深く森司はうなずいた。

「その現象、おれもすごくよくわかる。――でもとにかく、入ろう。出入り口でいつまでも息を切らしていたら、通行の邪魔になってしまう」

　森司は学食の扉を押した。

　この重いガラス扉にも、めずらしく張り紙がしてある。ただし「厳禁!!」の赤文字ではなかった。「大変申しわけございませんでした」との殊勝な文が並んでいる。

「二度とこのようなことがないよう、厨房《ちゅうぼう》では再発防止につとめ――」と書かれた張り紙を後目《しりめ》に、森司はこよみを先に通して扉を閉めた。

「えーと、今日の日替わりランチは……」

　食券販売機の前で、そうメニューを見上げたとき。

「こよみちゃーん。八神くん」

　テーブルから、彼らを呼ぶ声がした。

　森司は思わずそちらを向いた。

　声の主は、雪大《ゆきだい》オカルト研究会元副部長の三田村藍《みたむらあい》。そして彼女の向かいには、部員で院生の黒沼泉水《くろぬまいずみ》が座っていた。

　藍はすでに卒業してOGの身だ。しかし就職先が近く、「どの店より安いから」との理由で、ちょくちょくこの学食へやって来る。

　泉水はといえば、偉丈夫の図体《ずうたい》に似合った特盛の天丼をかきこんでいた。食べかたが異常にきれいなせいか、天井が口内へ猛スピードで消えていくように見える。

　森司は日替わりランチのトレイを持ち、急いで先輩たちのもとへ馳《は》せ参じた。

　一分ほど遅れて、たぬきうどんのトレイを持ったこよみが合流する。

「——さて、イヴまであと四日になったわけだけど」

　そう話題を振ったのは、藍だった。

　鯵《あじ》の竜田揚げ定食を食べ終え、無料サービスの番茶を啜《すす》りつつ言う。

「部員みんなの予定はどうなの？　もう決まってる？」

「はい。おれは……」答えかけた森司を、

「あ、きみらのは知ってるから大丈夫」

　と藍がさえぎった。

「午後六時にバスセンター集合で、映画観てから『ブラッスリー・ロシェ』でごはん食べるんでしょ？　八神くんから十回以上聞いた。こよみちゃんからは、もっと聞いた。でもあの店は確かにいいわよ。本格フレンチのわりにお値段手ごろで美味《おい》しいし、景色もいいし。……それはいいとして、ほかのみんなはどうなの？」

「おれは夜までバイトだ」

　番茶のポットを引き寄せつつ、泉水が言う。

「夕方までガソスタで、夜は自販機補充。終わるのは、たぶん九時近いな。その後の予定はとくになし。本家は以前からの約束どおり、ケーキビュッフェに行くらしい。理工の女子院生たちと総勢八人で」

「鈴木《すずき》も終日バイトだそうです」と森司。

「藍さんは？」

　とこよみが尋ねた。

「あちこちから誘われてましたよね。結局、絞ったんですか？」

「ううん。はしごで決定。えーと、まず仕事終わったら、直《チョク》で古町《ふるまち》集合でしょ。そんで夜八時までゼミ仲間と過ごしたあと、お店移動して高校時代の友達と合流。そんで十一時には切りあげて、『フォリア』でケーキ買って帰る予定なの」

「クリスマスケーキが十一時ですか？　遅くないですか」

　とろろ納豆の小鉢を片づけつつ、森司は言った。

　藍がかぶりを振る。

「大丈夫、わが家にとっては二個目のケーキだから。うち食べざかりの弟が二人もいて、ホールケーキ一個じゃやつらの胃はおさまらないのよ。チキンやサラダである程度お腹いっぱいにさせたところで、二個目を到着させるのがコツね」

　と藍は番茶を飲みほして、

「それにしても、泉水ちゃんたちはイヴまでバイトかあ。苦学生は大変ね。知ってる？　国立大学の授業料って、昭和五十年には三万六千円だったんだって。事務所《うち》の先生も雪大のOBなんだけど、今の学費を知って、そりゃもう驚い――」

言葉はそこで途切れた。

学食のテレビのボリュームが、急にぐんと上がったせいだ。

つられて森司もテレビを見上げた。美貌《びぼう》の女子アナウンサーと、天気予報図が映っている。気づけば、食堂じゅうの視線が画面に集まっている。

——週間天気予報。

いかん、これは観ておかねば、と森司は目を凝らした。

むろん朝晩欠かさず天気予報は確認している。しかし冬の空は気まぐれだ。刻一刻と様相を変えるから油断できない。ほかの日ならばいざ知らず、クリスマスイヴの天候だけは、ばっちりと把握しておきたかった。

アナウンサーの声が響く。

「では天気図をご覧ください。今週は冬型の気圧配置で、上空から冷たい空気が流れこんできます。西高東低の、典型的な冬の天気となるでしょう。また北東からの冷たい風が入りやすく、この天候は数日つづく見込み……」

背後から、誰のものともつかぬため息が複数聞こえた。

同じくイヴに賭《か》けている者たちの吐息であろう。切実な気配を感じた。

——いや、おれだって切実だ。

まぶたを伏せ、内心で森司は祈った。

ちょっとくらい寒くてもいい。雪も、雰囲気程度ならば降っていい。だが大荒れだけはやめてくれ。頼むから大雨と大雪は。そして激しい風と雷だけは——。

だがそんな彼の願いもむなしく、アナウンサーはつづけた。

「……不安定な天候は、残念ながらクリスマスにかけてつづきそうです。とくに二十四日は雲がかかりやすく、広範囲で雷をともなう模様。落雷や突風、急な雨などに充分なご注意を……」

1

話は、十月中旬にさかのぼる。

森司たちはその日、部室に集まっていた。雪越大学の部室棟でもいっとう北端に位置する、オカルト研究会の部室である。

大学構内の最北端に建つ部室棟は、鬱蒼《うっそう》とした木々に囲まれて夏でも薄暗い。冬が近づけば木枯らしが窓を叩《たた》き、濡《ぬ》れた落ち葉がガラスにべったり貼りつく。

とはいえオカ研の部室は、いつ来てもあたたかく快適である。院生で部長の黒沼麟太《くろぬまりんた》郎《ろう》が、この部室と研究室のみを往復して生きているからだ。

部屋の隅では加湿器がしゅんしゅんと蒸気を吐き、部屋の中央に鎮座する長テーブルには、湯気の立つコーヒーと山盛りの菓子がのっている。

コーヒーは濃く上等。菓子は駅前の有名店で購《もと》めた、バターたっぷりのフィナンシェにマドレーヌ。

上座には黒沼部長が座り、そのすぐ隣には従弟《いとこ》である泉水が着く。彼の向かいにこよみ、その隣に森司、一年の鈴木瑠依《るい》とつづく。全員が右手にカップを持ち、左手で菓子をつまみ、いたって和気あいあいと雑談を交わす。

「そしたらさあ、研究費の予算繰り越し申請が奇跡的に通ったんだよ。すごくない？　あの渋ちんの文科省がだよ。予算をケチると言えば文科省、文科省と言えば予算をケチると評判の、あの省が！」

「まあ、来年あたりどうなるかわからんけどな」

「ですよ。人文系の研究室なんて、あらゆるところで『要節約』の文字が飛びかってますもん。先輩たちが『〝要節約シール〟がコピー機に貼られすぎて、耳なし芳一《ほういち》みたいで夜見ると怖い』といつも愚痴を……」

とまあ、来客がなければ「お茶会サークル」と称しても違和感ない有様である。

壁に貼られた魔術師アレイスタ・クロウリーのポスターと、超自然現象に関する本が詰まった本棚だけが、かろうじてオカルト研究会らしい空気をかもしだしている。

そんな昼下がりのオカ研部室に、闖入《ちんにゅう》者は突然やって来た。

引き戸が激しい勢いで開いたかと思うと、

「これ！　これ観てくださいよ！　観て、すぐ意見ちょうだい！」

との大声が高らかに響きわたったのだ。誇張でなく、狭い壁に反響してこだまするほどの声量だった。

そののち、数秒の静寂が落ちる。

黒沼部長が目を白黒させて、

「……えーと……きみ、誰？」とおそるおそる訊《き》いた。

闖入者が答える。

「工学部二年の藁科貴大《わらしなたかひろ》です！　動画チャンネル名は『ワラシーTV』。みなさんも一回くらい観たことありますよね？　あ、これ名刺です。それから観てほしいのはこっち。このUSBに動画データが入ってます」

藁科と名のった学生は、USBメモリを揚々と振ってみせた。

「聞きましたよ。オカルト研究会なんでしょ？　んで部員はみんな霊感持ちなんでしょ？　この動画に映ってるのが誰の幽霊か、確認してほしいんすよ。あ、安心してください。ちゃんと相談料としてお菓子も持ってきましたから。これで引き受けてくれるんっしょ？　ちゃんとそのへん確認してきたんすから、おれ」

マシンガンのような早口だ。

森司はなにも言えず、ぽかんと藁科某《なにがし》を見上げた。

確かに雪大オカ研は学生の相談にのることが多いが、冷やかしを避けるため、ふだんは紹介制を取っている。しかし藁科はあまりに明るく厚かましく、かつ押しが強すぎた。全員が毒気を抜かれてしまい、「紹介制云々《うんぬん》」と口に出すことすらできずにいた。

ただ一人冷静な泉水が、

「つまみだすか、本家？」

と従兄《いとこ》を振りかえる。

「あー……いや、いいよ。大丈夫」

ようやくわれに返ったらしい黒沼部長が、首を横に振った。

「ちょっとびっくりしたというか、意表を突かれただけ……。えっと、藁科くん、だよね？　さっきの話をまとめると、そのUSBに霊現象を映したデータが保存されていて、それをぼくたちに確認してほしい、ってこと？」

「だから、そう言ってるじゃないすか」

藁科は口を尖《とが》らせた。子供じみた、どこか芝居がかった仕草だ。

だが似合わないわけではないな——と、森司はあらためて彼を眺めた。

年配の女性に可愛がられそうな童顔だ。丸い輪郭と小動物めいた瞳《ひとみ》に、独特の愛敬《あいきょう》がある。ファストファッションらしいダウンコートに、目立って大きなボストンバッグを肩掛けしている。

「じゃあデータ、観てくれるんですよね？　そういうことでOK？　あ、ここ座っていいすか。うおラッキー！、灘こよみの隣じゃん！」

「お、おい！　呼び捨てにするな！」

慌てて森司は腰を浮かせた。

確かにこよみはその美貌《びぼう》で、大学では知らぬ者のない有名人である。であるが、こんなやつに呼び捨てにされるいわれはない。

森司は端の椅子を指して怒鳴った。

「向こうに座れ、向こうに！　灘の隣に、いや視界に入ろうなどと千年早い。というか動画を観てほしいんだろ？　だったら部長のそばに座るのが筋だろうが」

「おっ。てことは、つまり相談にのってくれるんすよね？　やだなぁもう、ツンデレなんだから。あ、お礼はこれっす」

へらへら笑い、藁科はバッグから取りだした袋をテーブルに投げた。スーパーの特売で買ったらしき、大量生産の徳用チョコレート二袋であった。


「――へえ、動画配信サイトに投稿してるんだ」

藁科の名刺をためつすがめつして、部長が声を上げた。

藁科がフィナンシェをかじりながら、

「知らないんすか？　傷つくなあ。『ワラシーTV』のチャンネル登録者数、こないだ五千を超えたんすけど」不服そうに言いかえす。

「おれは知ってるぞ」

そう応《こた》えたのは、意外にも泉水だった。

「農学部《うち》の犬がオスかメスか確認すると喚《わめ》いて、カメラ片手に追いかけまわしやがったやつだろう。あのあとしばらく、犬が怯《おび》えて大変だったんだ。餌もまる一日食わなかったしな」

と、冷えた目でじろりと藁科を睨《にら》む。

さすがの藁科も百九十センチ九十キロ超の泉水には強気に出られないらしく、

「え。……あ、いや」もごもご言って下を向いた。

「まあまあ」

部長が苦笑して、

「そこはあとで謝ってもらうとして、まずは動画データの話をしようか。藁科くんはさっき『動画に映ってるのが誰の幽霊か、確認してほしい』と言ってたよね。それって、そもそもどこで撮影したデータなわけ？」

と問うた。

「はい。粟崎山隧道《あわさきやますいどう》っす」藁科は即答した。

「有名な心霊スポットだから、みなさんも知ってるっしょ？　ほら、国道×号線で県境をまたいで、十キロほど走った先にある廃トンネル。落盤事故でいまだに通れませんけど、もともと廃墟《はいきょ》マニアに人気な上、四年前のクリスマスイヴに――」

「――殺人事件が起こった」

黒沼部長があとを引きとる。

「そう、それです。それそれ」

得たりと藁科は部長を指した。

「さっすが、わかってるなあ。話が早くて助かりますよ。俗に言う『粟崎山ホスト殺人事件』ってやつっすね。えーと、被害者は隣県の国立大学に通いながら、夜はホストをやってた薬学部の二年生。いまのおれと同い年だったわけだ。で、加害者は二十代の女性会社員。被害者がバイトしてたホストクラブの常連で、がっつり百万近く貢がされたらしいっす」

「うーん、〝貢がされた〟かどうかは、いまいち疑問の余地があるね」

　部長が首をひねった。

「当時の世論だって、加害者への評価がまっぷたつに割れたわけだし」

「あれ？　待ってください」

　思わず森司は割って入った。

「四年前のホスト殺人事件ですよね。『国立大学に通いながら、夜はホスト』と『世論がまっぷたつ』のワードで、やっと思いだしました。……でもあの事件って、そんな近場で起こったんでしたっけ？」

　ホストだのホステスだのという世界に、森司はいたって疎い。そんな華やかな世界で起こった事件といえば、イコール都会という短絡的な思い込みがあった。しかし隣県の国立大学生が被害者なら、話はぐっと身近になる。

「そんな近場だったんだよねえ、じつは」

　と部長が首肯して、

「ときは四年前のクリスマスイヴ。現場は粟崎山隧道。加害者である女性は『同伴出勤しよう』と被害者に持ちかけた。『イヴはどこに行っても騒がしいから、二人きりになれる場所がいい』と主張し、夕暮れどきの廃隧道まで、彼女の車でドライブした」

「そうそう、それで口論になったんすよね」

藁科が相槌《あいづち》を打つ。

「女は『もうほかの女の相手をしないで』と言い、男は『そんなこと言われても、仕事だし』と反論。『それならホストなんか辞めて』と女は刃物まで出して迫った。なのに男はすげなくことわった。で、ヒートアップした女が、その刃物でぶっすり……。というのが、事件の大まかな流れっす」

「せめてそこで自首していれば、情状酌量の余地はあったのにね」

部長は嘆息した。

「しかし彼女は、被害者を置き去りにまっすぐ帰宅してしまった。返り血を浴びた服は車に乗りこむ前に着替え、帰宅後はその服を漂白した上で、切り刻んで捨てた。逮捕されたのは、約二週間後だ。

彼女は衣服の始末は完璧《かんぺき》でも、残念ながら肝心の凶器については甘かったんだ。警察は現場から約一キロ離れた沢で、出刃包丁を発見した。包丁の柄は拭《ふ》かれていたものの、刃から被害者と彼女の血液が検出された。そして彼女の掌《てのひら》には、刺したとき勢いあまって付いた切創が残っていた。警察と検察は『計画的な犯行だ』と見なし、彼女を殺人罪で立件、起訴した」

「確か被害者は、即死できなかったんですよね」

こよみが言う。

「遺体は、隧道からかなり離れた場所で見つかりました。腹部を二箇所刺されながら、道路まで這《は》って助けを呼ぼうとしたようです。でも誤って斜面をすべり落ち、三メートルほど下の藪中《やぶなか》で、力尽きて亡くなった……。刺されてから死亡時刻まで二時間以上の間があったと、なにかの記事で読みました」

「残酷だよね」

部長は眉《まゆ》をひそめて言った。

「加害者の女性は『殺すつもりじゃなかった』『刃物を持っていったのは、ただの脅しだ』と供述した。それがほんとうだとしても、彼が苦しみぬいて死んだ事実は変わらない。栗崎山隧道はぼくも二、三度行ったことがあるが、あたりになにもなくて、冬の夜ともなれば真の暗闇だよ。あそこで二時間這いまわり、死を待つだけの絶望の時間を過ごしたなんて、考えただけでぞっとする」

「だからこそ、世論がまっぷたつに割れたんですよね」と森司。

「ある層は『善良な女性会社員をそこまで追いこんだのは、ホストのほうだ。殺されても自業自得』と言い、またある層は『被害者は職務をまっとうしただけ。ホスト相手に本気になる客が悪い』と言い、別の層は『だからって大金を貢がせて、しれっとしてるのはおかしいだろう』と主張し、さらにほかの層が『どんな事情があるにせよ、殺したほうが悪いに決まってる』と非難した――」

「まあ、どの言い分もアリっちゃアリっすよね」

　藁科が首をすくめる。

「『ホスト相手に本気になるほうが馬鹿。いい大人なんだから、給料に見合った範囲で貢げ』『いや一人の女性の人生を破壊したのは、ホストのほう。学生の分際で何十万も荒稼ぎしておいて、リスクがないわけない。刺されないと思って甘えてたとしたら、人生舐《な》めてる』。それぞれ、ごもっともですよ」

　藁科はふたつめのフィナンシェをかじって、

「でもそんな世論をよそに、加害者は『殺意はなかった』との主張をつらぬいた。彼女が言うには『ただの客とホストの関係じゃなかった。ちゃんと付きあっていた。なのにほかの女にもいい顔するから、いくら仕事とはいえ許せなくなった。殺そうとしたんじゃなく、ただ店を辞めてほしかっただけ』――。まあ死人に口なしだから、なんとでも言えますけどね」

　と肩をすくめた。

「ところで知ってます？　こないだ、この事件の一審判決が出たの」

「うん。ネットのニュースで見たよ」

　藁科の問いにうなずいたのは、やはり部長だった。

「懲役十二年だっけ？　求刑が十五年だったから、まあ妥当な線だよね。そして弁護側は定石どおり、即控訴した」

「おれは法学部じゃないんで、刑期が妥当かどうかは知りません。でも問題は最後のとこっすよ。『弁護側は即控訴』のとこ」

と藁科は、フィナンシェの先で部長を指した。

「そのぶんじゃ、ポータルサイトの短いニュースしか読んでないっしょ？　あのね、弁護側は控訴にあたって、マスコミにこう言ったんすよ。

『被告人は無罪だ。供述のあらかたは警察の作文であり、被告人は被害者の手などを数箇所切りつけたものの、腹部を刺す勇気はなかった。喧嘩《けんか》の腹いせに、置き去りにして帰っただけだ。被害者を殺害した犯人はべつにいる』——とね。どう思います？」

「どうって言われても」

部長は目をしばたたいた。

「ずいぶん大胆に出たなあ、としか。それに遅いよ。警察の作文だと主張するなら、一審が開始してすぐじゃなきゃおかしい」

「ああいや、そこは一応、裁判の途中から主張してたみたいっす。おれもその弁護士の会見観てから調べたんすけど、加害者の女は何日目かの出廷から『怖くて、警察のいいようにされてしまった。殺してない』と言いはじめたらしくてね。まったく信用されなくて、懲役十二年の判決になりましたけど」

藁科はそこで言葉を切って、

「ね、面白いっしょ？」

　と一同を見まわした。

「女が有罪で、ただ悪あがきしてるだけでも面白い。無罪ならもっと面白い。どっちに転んだって、いい見世物じゃないっすか。おまけに殺害現場は、心霊スポットとしても人気の粟崎山隧道。こりゃもうそれをネタに、おれに生配信しろって言ってるようなもんでしょ！」

「いや、言ってはないと思う」

　部長は冷静に否定した。

「……でもまあ、きみのやりたいことはわかったよ。一審判決が出たばかりで、しかも一転無罪を主張し控訴中の『粟崎山ホスト殺人事件』。その話題に便乗して、殺害現場の廃隧道で動画撮影しようとしたってわけだ。そしたら、きみの予想を超えておかしなものが映ってしまった、と」

「惜しい！　ほぼ当たってるけど、微妙にはずれっす」

　藁科は大げさに部長を指さした。

「正確には、まだ予行演習の段階だったんすよ。一昨日《おととい》行ったのは、ただの下見でした。本番はクリスマスイヴで、しかも実況生中継。二十四日の深夜から二十五日にまたいで、現場で狐狗狸《こっくり》さんをやる予定なんです」

「そりゃまたベタな」

と森司は呆《あき》れて、

「冬の真夜中に、しかも廃隧道の地べたで狐狗狸さんかよ。楽しいか？」

「楽しいに決まってるでしょ。だって一審判決の余波冷めやらぬタイムリーな時期に、被害者の霊を呼びだして訊《き》くんすよ。『あんたを殺したのはあの女か？　それともほかに真犯人がいるのか？』ってね」

藁科はにやりと犬歯を覗《のぞ》かせた。

「マジでやったら訴えられるかもだから、ぎりぎり『ネタですよ、ネタ』で逃げれるラインで抑えるのが味噌《みそ》っす。これならおれの主張じゃなく、あくまで発信するのは狐狗狸さんですもんね」

藁科はコーヒーをがぶりと飲んで、

「ま、おれには霊感なんかないし、幽霊になにか訊こうと思ったらこういう手段を取るしかないっしょ。でも、こう見えてもおれって慎重派というか、ぶっつけ本番出たとこ勝負！　ってタイプじゃないんすよ。カメラアングルとか、きっちり決めておきたい系でね。というわけで一昨日、えーと、県境に着いたのは夜七時半くらいかな？　とにかく栗崎山隧道まで行ったわけです。一時間くらいで帰る予定だったのに、なんやかや手間どっちゃって、結局カメラまわせたのが九時くらい。そしたら……」

「おかしなものが映った？」と部長。

「はい。あ、と言ってもそれ自体は大歓迎なんすよ。映ってくれて万々歳って感じ。問題は予定とだいぶ違ったことと、狐狗狸さんどころじゃなくなったこと。そんであとは、こいつです」

言いながら、藁科は左の袖《そで》をめくってみせた。上腕に包帯が巻いてある。

「自分じゃ巻きなおせないんで、ほどくのは勘弁してください。でも包帯の下にあるのは切り傷です。藪ん中にぼうっと見えた幽霊に、いきなり襲われて怪我したんすよ。そいつ、ずっと『ユーガ！』って叫んでました。なに言ってるかほとんど聞きとれなかったけど、ユーガって言ってたのは間違いないす」

「ユーガ……」

黒沼部長が低く繰りかえす。

「ええと、確か『栗崎山ホスト殺人事件』の被害者の名前が――」

「それです。円谷勇雅《つぶらやゆうが》」

藁科は指をぱちんと鳴らしてみせた。

「名前までホストっぽいすよね。でも本名だそうですよ。んで、そのときおれが襲われた一部始終が、このＵＳＢに保存されてるんです。こいつをみなさんで観て、誰の霊だったか判定してもらいたいってわけ」

彼はＵＳＢメモリを指でかざして、

「判定してほしい点は三つです。まず幽霊の顔が映ってるかどうか。次に円谷勇雅本人かどうか。おれは襲われてる間ずっと円谷だと思ってたけど、冷静に考えてみたら、自分で自分の名前を叫ぶ霊なんておかしいっしょ。そんでもって、最後の三つめが」

かねて用意の、といったふうに持参のバッグをあさる。

取りだされたのは、皺《しわ》くちゃのジップアップパーカーであった。

「これっす！　一昨日着ていった服。幽霊に襲われたせいで、こいつがべっとり濡《ぬ》れたんすよ。やつがなんか口から吐きだして――あのほら、あれ、あれです。ええと、エクトプラズムってやつ？　まあとにかくこれら全部ひっくるめて、オカ研のみなさん、どうか判定してくださいな」

と藁科はひと息に言いはなった。

「ね？　お願いしますよ。動画には『監修・雪越大学オカルト研究会』って、ちゃんとクレジット付けるから。なんならみなさんの顔写真もサムネにしちゃう。動画再生数が伸びたら、県を超えて有名になれますよ？」

両手を合わせ、上目づかいに部員一同を見やる。

部長がゆったりと首を振って、

「いや、クレジット云々《うんぬん》は謹んでおことわりするよ」と言った。

「でも動画には興味が湧いた。ぜひ拝見したいな。モニタが大きくなくて悪いけど、ぼくのノートパソコンで再生しよう」

2

「〝幽霊は生者になにかを伝えられるか、もしくは教えられるか〟というテーマは、オカルトにおいてもっとも根源的なテーマと言えるね」

動画再生のためソフトの設定を調整しながら、部長が言う。

「狐狗狸さん、降霊会、自動書記、ウィジャ盤――。さまざまな手段を模索しつつ、人は死者となんとか交流できないか、ふたたび彼らと話せないか、知恵を借りられないかと悪戦苦闘してきた。そして、ごくまれに成功してきた。

幽霊のほうから歩みよってくれた例としては、こんな逸話がある。一九七二年、イースタン航空四〇一便がフロリダのエバーグレーズ湿原に墜落した。乗客一七六名のうち、一〇〇名以上が死亡するという大事故だった。この事故機の機体は当時最新鋭のものだったため、使える部品は回収されて、別機に取りつけられた。怪異はここからだ。その別機に乗った客や乗務員から、『四〇一便の事故で死んだパイロットや、CAが視える』という訴えが続々と寄せられるようになったんだ。その機体に四〇一便の部品が使われているとは、一般に知らされていなかったのに――だよ。

この怪異のさらに特異な点は、該当の別機に乗ったパイロットたちの証言だ。彼らは『死んだはずのパイロットが、操縦を交替してくれた』『操縦を教え、助けてくれた』と口ぐちに語った。どうやら四〇一便の幽霊たちは〝今後、自分たちと似た危機に陥った飛行機があれば助けよう〟と誓いを立てたようで、同型の機体にしばしば姿を見せたという。この四〇一便の幽霊は小説の題材になり、のちにはテレビドラマ化された。

またサイコメトリーを通じての超能力探偵、というのも有名だね。ジェラルド・クロワゼット。もしくはピーター・フルコス。彼らは現場に残された物品から過去を幻視し、死者からのメッセージを感じとった。とくにフルコスはマンソン・ファミリーが犯した『シャロン・テート事件』において力を発揮し、メンバーの特徴や大まかな人数などを言い当てたらしい。もっとも、フィクションのように百発百中というわけにはいかなかったけどね」

部長はタッチパッドから手を離して、

「――よし、準備ＯＫ。再生してみるよ」

と一同を振りかえった。

まずモニタに映ったのは、闇であった。

次に、ほんのすこし明るくなる。廃トンネルの入り口らしきものが映ったかと思うと、視界がいきなり横にぶれる。

どうやら編集前のデータらしい。

カメラとライトの位置が定まらないせいか、映像そのものが上下左右にがたがた揺れる。雑音もひどい。じっと見つめていたら、酔ってしまいそうだ。

「こんなもんかな？……うーん……。こうか？　違うな……」

　藁科がぶつぶつ言う独り言を、マイクが拾っている。

　彼の顔がアップになる。次の瞬間、掌が画面を覆う。しばらくは、カメラアングルの試行錯誤がつづく。

　ふたたび藁科が映った。今度は胸から上の彼だ。

「まあいっか。……はーいみなさんこんばんはー……ワラシーＴＶでーす。……このくっそ寒い日に、噂の心霊スポットにやってまいりましたー、っと……」

　本番ではないからだろう、無表情の上、棒読みだ。

「今日の企画はこれでーす。……『殺人現場でホストの幽霊と、狐狗狸さん交信チャレンジ』……。いまどきのちびっ子たちは、狐狗狸さんなんて知らねえかな？　えーとね、こういう紙を使って、幽霊とお話しする遊びでーす。ボードゲームみたいなもん？　違うか、ペーパーゲーム……？」

　カメラに向かって藁科は紙をかざしていた。

　五十音がひらがなで記され、その下に「ＹＥＳ」と「ＮＯ」の選択肢。アラビア数字が０から９までと、アルファベット二十六文字が油性マジックで書いてある。カレンダーの裏にでも書いたのか、簡素なしろものであった。

　——そういや昔、オカ研でも降霊会をやったっけな。

ぼんやりと森司は思いかえす。

あのときはカレンダーの裏ではなく、本式なウィジャ盤を使用した。例によって平穏無事には終わらなかったが、いまとなればいい思い出——でもないが、まあ、それなりの過去にはなっている。

モニタでは藁科の映像がつづいていた。

「はい、後ろに見えますのが粟崎山隧道でーす。隧道ってのは、要するにトンネルっすね。でもいまは通れないから、ただの半端な穴ぼこでーす……。えーと、このへんかな？　ここらの立ち位置で四年前、ホストのお兄ちゃんが刺されました。刺されたっていうか、殺されました。お気の毒ですねー。くわしくは『粟崎山ホスト殺人事件』で検索して、ウィキペディア読んでくださーい……」

やる気のない解説である。

「そんで……ああ、なんだこれ。——なんでピント合わねえの？……ライトは……まあ暗くてもいっか。……雰囲気重視で……」

次の瞬間、がさっと葉擦れが響いた。

藁科が慌てて飛びのく。

「うおっ！……ビビったあ。……なに？　なんだいまの……」

藁科の横顔がぼやけて映る。かと思うと、唐突に彼の肩にカメラがぶつかり、世界が傾く。斜めに傾いだまま、レンズが猛スピードで近づく黒い影をとらえる。

　藁科が絶叫した。

「え、なに？　なになになに、ちょ、待っ。なんだおい。おいおい、やめ、えっ。ちょっ……——なな、な……」

　悲鳴。雑音。カメラが完全に倒れたらしく、しばし夜空が映る。

　誰かがカメラを蹴《け》ったのか、映る世界がさらに反転し、今度は足もとが映った。藁科のものだろうスニーカー。誰かのワークブーツ。レンズに近すぎるのか、どちらもひどいピンボケだ。

　もう一度カメラが動く。そこからはたっぷり一分、枯れ草と泥道が映る。

　音声は雑音のみだ。合間に、藁科の呼吸らしき音が入った。やがてその呼吸が近づき、彼の声がマイクに入る。

「なんなんだ……なんなんだよ、くそっ、……。ざっけんなよ。あーいってぇ……。くそ、カメラ無事かな、カメ……——」

　スニーカーの爪さきが映りこむ。そして藁科らしき手がカメラを拾いあげた直後、映像はぶつりと切れた。

「——え、これで終わり？」

　部長が言い、肩越しに藁科を見やった。

「充分っしょ」

と自信たっぷりに彼がうなずく。

「幽霊、がっつり映ってるじゃないすか。テレビの心霊番組とかだと、一瞬ちらっと映っただけでも『これは祖先の祟《たた》りですね』『水子ですね』とか判定できてるもんね。こんだけしっかりはっきり映ってちゃ、文句ないっしょー」

「んー、まあ、そうかもね。……どう思う？　泉水ちゃん、八神くん、鈴木くん」

黒沼部長が首をめぐらせ、背後の部員たちを見た。

さきほど藁科は「部員はみんな霊感持ちなんでしょ？」と言ったが、それは誤りだ。

雪大オカ研で〝視える〟部員は、いま部長が指定した三人きりである。ただし霊感のない部長はその溢《あふ》れる知識で、藍は旺盛《おうせい》な好奇心で、こよみは聡明《そうめい》さで、足りないぶんを補ってあまりある。

「どうって……、ええと」

森司は横の泉水をうかがった。

泉水がわずかに顎《あご》を引く。その横で鈴木も「同じくです」と唇を無音で動かした。

森司は部長に向きなおると、

「えー、あの、忌憚《きたん》なき意見を申します」

と一同を代表して告げた。

「あの黒い影は幽霊じゃありません。ぶっちゃけ生身の人間です」

「えぇっ、うっそお！」

藁科が叫んだ。

「俺、襲われたんだぜ？　怪我までしたし！　見てよこれ、治療費だってかかったんだ。なんだよ、幽霊じゃないなら動画の売りがねえじゃん。もとが取れねえよ！」

「いや、おれに言われても……」

腕を振りかざして迫る藁科を、森司は片手で押しとどめた。

「とにかく、幽霊じゃないのは確かだから」

「ええー、マジかよぉ」

ジーザス、と言いかねない勢いで、藁科はその場に両膝《りょうひざ》を突いた。さきほど自分が取りだしたジップアップパーカーを振りかえる。

「ってことは服についたあれ、本物のツバかよ。きったねえ！」

なんと騒がしいやつだ、と森司はうんざりした。

テンションが高すぎる。ついていけない。「生き急ぐやつだからこそ人気の動画配信者になれる」という意見もあろうが、友人知人には持ちたくないタイプである。

「でも幽霊じゃないなら、あいつ、なんであんな時間にあんなとこに？」

「さあねえ。きみと同じ目的だったのかもよ」

部長がのんびり相槌《あいづち》を打った。

「同じ時期に、同じことを考えつく人間は多いもん。グラハム・ベルとエリシャ・グレイは、ほぼ同時期に電話を発明した。フルトンとジュフロワとラムゼーとスティーヴンスとサイミントンは、それぞれが独自に蒸気船を考えついた。これを俗に、共時性と言うね」

しかし藁科は、部長の言葉など耳に入っていない様子だった。

「くっそ、こうなったら〝損して得とれ〟だ。予定変更。転んでもただじゃ起きないってとこ見せてやる」

と拳《こぶし》を握って歯嚙《はが》みする。

「変更だけ？　中止する気はないんだね」

「というかイヴにそんな寂しいこと、やめとけよ……」

部長や森司が口ぐちに言う。

しかし藁科は、ふんと鼻で笑った。

「世の中、クリスマスが好きな人ばかりじゃないですって。もてない男女や孤独な社畜にとっちゃ、イヴなんか忌々しいだけです。おれたち配信者はね、そういう人たちをひとときの笑いで癒《い》やす使命を担ってるんですよ。寂しくなんかありません」

と、うそぶいた顔は、存外に本気そうに見えた。

3

その日から週を三度またいだ、十一月上旬の夜。

森司はアパートの自室で一人、具なしパスタを啜《すす》っていた。

業務用スーパーで一キロあたり百六十円だった乾麺《かんめん》を茹《ゆ》で、オリーヴオイル、チューブの大蒜《にんにく》、茹で汁少々と、明太子ふりかけを混ぜたパスタだ。手軽だが、それなりにいける。お好みにより鮭ふりかけや、海苔《のり》わさびふりかけでもいける。

ビタミンを補うため、サラダだって用意した。タイムセールで一袋十五円のもやしをレンジで加熱し、もどした若布《わかめ》と合わせ、ぽん酢醤油《しょうゆ》と胡麻《ごま》油を加えたのだ。パスタを啜る合間に、わしわしと掻《か》きこむ。

——来たるクリスマスイヴに向け、節約していかなくちゃな。

森司は壁のカレンダーを見上げ、考えた。

まだこよみちゃんを誘えてはいない。だがいまから用意は万全にととのえておくべきだろう、と。

肝心のプレゼントを買う予算と、デート費用だって一応確保してある。以前、泉水の口利きで引っ越し会社のアルバイトをした。あの給金はまだ、九割がた通帳に入れたままだ。福島潟《ふくしまがた》のデートでいくらか使ったものの、残りはいざというときのため眠らせてある。

——その〝いざというとき〟が、今年だ。

パスタを箸《はし》で手繰りつつ、森司はそう己に言い聞かせた。

思い起こせば、はじめて会ったのは彼が高三、こよみが高二のときだ。

あれからいろいろあった。一年浪人して入学した雪越大学で、こよみと再会。彼女とお近づきになりたい一心で、いやいやながらオカ研に入部。

霊視体質がこよみにバレてしまい、しかしなんだかんだで部には重宝され、あまたの相談や霊障を乗り越えて、現在は大学三年の秋である。

——こよみちゃんと出会って、早《は》や五年目か。

ということは、まる四年半も彼女に片想いしていたことになる。あっという間に過ぎた気がするが、あらためて考えると長い。

つまり学生時代の貴重な四年間を告白できぬままうじうじ過ごしていたわけで、ヘタレの歴史とも言える。情けないが、そうとしか言いようがない。

——だがさすがに、今年こそ脱却せねばなるまい。

まず彼女をデートに誘う。しかもクリスマスイヴにだ。

イヴを二人きりで過ごすというのは、要するに特別なことであって、しかも年ごろの男女であるからして、もしOKをもらえれば、そこにはなんらかの意味が生じる。その意味というのは、あれだ。今後の学生生活を薔薇《ばら》いろにするだろうあれで、森司を天にものぼる心持ちにさせるあれだ。

「り、りりり」

壁を睨《にら》み、箸をかまえたまま森司は呻《うめ》いた。

「両想い——とか、……こここ恋人、だとか……」

森司は片手で顔を覆った。

あやうく箸を投げだし、床に倒れかける。しかし、すんでのところでこらえた。

「いかん」

彼は箸を握りなおし、かぶりを振った。

「ここで妄想にふけって悶絶《もんぜつ》して終わりでは、いつもと同じだ。進歩がない。それに想像のみでこの調子では、日常生活がままならない。まずはメシを食い終えて、風呂《ふろ》に入って、レポートのつづきを書いてから、入念に告白の計画を――」

言いながら、携帯電話に片手を伸ばす。

真っ先に立ちあげたのはＬＩＮＥアプリだった。最近はゼミの連絡もすべてＬＩＮＥゆえ、こいつをチェックしないことにはレポートがはじめられない。

見ると、オカ研のグループＬＩＮＥに未読のメッセージが溜《た》まっていた。藍を加えた、オカ研メンバー六人のグループである。

メッセージを飛ばしていたのは、主に藍。そしてこよみと鈴木であった。

「……まったく、地位も名誉も年収も充分なくせに、なんであんなに金、金ってうるさいのかしらね」

と藍がぼやいている。なんでも彼女が勤める行政書士事務所に、うるさい客が来たらしい。よほどいやな思いをしたのか、めずらしく長文の愚痴だった。

「有名なクレーマーらしいのよ。あんまりにもモラハラとクレームがひどいんで、よその事務所で契約切られちゃった人なの。でも懲りずに、うちでも『料金が高い』『安くしろ』ってケチ付けまくり。あれで教育関係のお偉いさんだっていうんだから、呆《あき》れちゃうわ」

「お疲れさんです。まあ、金持ちほど締まり屋だってよく言いますしね」

　と鈴木が相槌を打ち、

「藍さんはいやなお客でも巧《うま》くかわせますが、我慢しすぎないでください」

　とこよみがいたわる。

　森司も二人にならって「お疲れさまです」と慰労の言葉を打とうとした。

　しかし「おつか」まで打ったところで、着信音とともに新たなメッセージが表示された。

「こんばんはー。例の動画配信サイト、観た？　新展開になってるよ」

　黒沼部長であった。

「こないだ藍くんにも話したでしょ。ちょっと前に部室に来た押しかけ動画配信者くん。彼が一時間ほど前に投稿した新作が、なんだか面白いことになってる」

　森司は打ちかけていた文字を消し、

「面白いことってなんです？」

　と打って送信した。

　ノートパソコンからだろう、三十秒と待たず部長の返信が表示される。

「彼、藁科くんだっけか？　前回の去りぎわに『予定変更。転んでもただじゃ起きない』とか言ってたでしょ。まさにそれを有言実行したらしいよ。いやー、ぼくにはこういうたくましさがないから、すこし憧《あこが》れちゃうかも」

部長のメッセージの末尾に、動画のURLがペーストされている。

さっそく森司は、URLから無料動画配信サイトへ飛んでみた。

動画が自動で再生されはじめる。冒頭の広告をスキップすると、藁科貴大の笑顔がぱっと映った。

「はーいみなさんこんばんはー。ワラシーTVでーす。今日はファンのみなさんに重大なお知らせがあります。じつはねえ……」

背景からして、自室での撮影だろう。

襖《ふすま》と部屋干しの洗濯物が映りこんでいる。森司の部屋とさして変わりない、いやもっと古いかもしれないアパートだった。

「えー、前回までの動画をチェックしてくれた人はおわかりと思いますが、わたくしイヴに生配信しようと思いまして、『粟崎山ホスト殺人事件』でお馴《なじ》染みの心霊スポットに下見に行ったんすよ。そこで起こったハプニングを、ほぼノー編集でみなさんにお届けしたのが前々々回ね。なんとその動画が、マスコミさんのお目に留まったようでして……。はい、ここで一応おさらいしましょう」

得々と藁科は、これまでのいきさつを語った。

オカ研で再生した動画を、そっくりそのまま動画配信サイトでも公開したこと。同時に「心霊スポットで不審者に襲われた」と警察へ駆けこんだこと。

しかし相手にされず、

「こうなったら、自力であいつが何者だったか解明する！」

と息巻いて、襲撃者の体液が付いたジップアップパーカーを民間のDNA型鑑定所に預けたこと。さらにこの一連の流れすべてをまとめて編集し、動画配信サイトとSNSを使って拡散したのが、先週までの話である——と。

結果、週刊誌の記者から、彼宛てにコンタクトがあったらしい。

「取材させてくれないか。『粟崎山ホスト殺人事件』の記事は当時、売れゆきに影響するほど人気があった。一転しての無罪主張で注目が集まりつつあったところに、謎の襲撃が絡むなんて面白い。ぜひうちでも記事にしたい」

との打診だったという。

藁科は、その申し出を快諾したようだ。記者とのやりとりを詳細かつ鼻高々に語ったのち、

「というわけで、次回からはなんと『週刊ピークス』とのコラボ企画がはじまりまーす。こういうのはじめてなんで、ちょっとビビっちゃいますね。けど有名人になったみたいでテンション上がるわ。えーと『週刊ピークス』は毎週木曜発売、お近くの書店かコンビニでお求めくださーい。もちろんワラシーTVのチャンネル登録もお忘れなく！じ

ゃあね、バイバーイ！」

　と締めくくった。

　動画がふたたび広告に切り替わる。

　しばし、森司は呆然《ぼうぜん》としていた。

　LINEアプリに切り替えると、「ね、意外な展開になったでしょ？」と部長が念押ししているところだった。それをよそに、急いでメッセージを打つ。

「鈴木、観たか？」

　打ち終えるが早いか、森司はすぐに送信した。

　鈴木から返信があったのは、たっぷり一分近くのちだった。

「観ました。まずいですね。いつの間に、あないなことになったんか……」

「なにがまずいの？」

　部長からメッセージが飛んでくる。

　森司は脳内で言葉を選びながら、携帯電話のキイに指を走らせた。そして、たったいま観たばかりの動画を脳内で反芻《はんすう》した。

　――この前見たときは、ああじゃなかった。

　藁科貴大のことだ。

　あのときの彼は、やかましくはあったがごく普通だった。同じ室内にいても妙な気配は感じなかった。無編集の動画からも、なにひとつ視出《みいだ》せなかった。

——なのに、今日映っていた彼は。

あせる指をなんとか操り、森司はメッセージを打って送信した。

ＬＩＮＥ画面に吹き出しが表示される。

「部長。今日の藁科くんには、はっきり〝憑《つ》いて〟ました。たぶんこの前、部室に来たときも彼の中にいたんだ。でも息をひそめて、潜伏していたんでしょう。——間違いない。彼、粟崎山隧道から、なにか拾ってきたんだと思います」

4

その後、黒沼部長は藁科とコンタクトを取ろうと試みたらしい。

しかし無駄に終わった。

彼が部長に渡した名刺には、動画チャンネルのＵＲＬのほか、メールアドレスとＳＮＳのアカウントが刷られていた。そのどれとも、まったく連絡がつかなかったのだ。ＳＮＳのダイレクトメッセージもまた、相互フォロー以外から送れない設定であった。何度試そうが、エラーが出るばかりだったという。

「講師の矢田《やだ》先生に訊《き》いてみたよ。このところ藁科くんは、講義にずっと出てないらしい。スマホにかけても留守電に繋《つな》がるだけだそうだ」

眉《まゆ》をひそめ、部長がかぶりを振る。

その隣席には、最近バイト漬けだった泉水がひさしぶりに座っていた。部長のノートパソコンで、先日の動画を再生させている。

観終えて、泉水はため息をついた。

「……確かに、こいつはまずいな」

「ですよね？」

森司は勢いこんで言い、一時停止中の画面を指さした。

「動画の隅に映りこんでいるだとか、藁科の肩にかぶさっているとか、そんなんじゃない。二重写しのように——重なって視えます。とくに上半身なんて、ブレてはいますが、指さきあたりがほぼ癒着してる」

「よっぽど藁科くんと相性のいい霊なんでしょうな」

鈴木がモニタに顔を近づけてから、

「こいつ、廃トンネルで殺されたっちゅう例のホストですよね？」

と泉水に訊いた。

「たぶんな。藁科とぴったり重なりすぎて、顔が確認しづらいが」

「おれも顔はほとんど視えませんわ。……けど、ほっといたらあかんことだけはわかります。だってこいつ、喜んでますもん」

鈴木の語尾が落ちた。

「藁科くんという実体が手に入って、喜んどる。ほら見てください。こいつ、笑ってますよ。なのに怒ってる。誰に対してかはわかれへんけど、めちゃくちゃ怒ってます」

ああそうだ、と森司は思った。

藁科に二重写しのごとく重なった顔は、口を開けて満面に笑みをたたえているものの、両の目を見ひらいていた。その双眸《そうぼう》には、はっきりと憤怒があった。

「誰に対して——って、そりゃ犯人に怒ってるんじゃないの？」

部長が言う。

「普通、自分を刺し殺した相手を恨むものでしょ。しかもこのホストくんは即死できずに、だいぶ苦しみながら死んだんだし」

「その手のストレートな恨みも、感じないではねえな」

泉水が答えた。

「だが、なんというか……こいつはもっと根本的なところで、藁科と呼応している。動画を大勢に観られたい、拡散したい、という藁科の意志にも反していないようだ。犯人に復讐《ふくしゅう》したいだけなら、こんな動画ごっこに付きあう理由がない」

「藁科を使って、世論を焚《た》きつけたいんですかね？」と森司。

「犯人の女性は確か、控訴中でしょう。じゃあ『栗崎山ホスト殺人事件』について動画で何度も取りあげることで世論を煽《あお》って、彼女をもっと重い罪に落としこみたいのかも。死刑は無理でも、無期懲役くらいに」

「うん。悪くない仮説だ」部長が同意してから、

「でもそれって、藁科くんの動画を観る層が求めるものかなあ？」

　と首をひねった。

「彼はいわゆる迷惑系配信者で、彼のフォロワーは地上波にない刺激的な映像が観たい人たちでしょ。『弁護士事務所に生卵を投げつけてみた』なら喜んで観るだろうけど、『司法に正義を！　被害者の尊厳を守れ！』なんてアジテーションに乗る層じゃあない。その点、ホストくんの霊とうまく呼応するもんかな」

「あっ、でも『週刊ピークス』とのコラボ企画があります」

　こよみが手を叩《たた》いた。

「あの雑誌のカラーは、藁科くんのフォロワーが求めるものと一致してるんじゃ？」

「うん、いいとこ突くね」

　部長が今度こそ大きくうなずく。

「『週刊ピークス』といえば、失礼ながらエロと芸能ゴシップとスキャンダル、そしてたまにUFOや心霊がらみの記事が載る、ごった煮の三流週刊誌だ。世論を沸騰させるにあたって『週刊ピークス』の力が借りられそうになったから、霊は藁科くんの体をのっとろうと企《たくら》んだ……？」

「でも裁判って、何年もかかりますよね」

　森司は言った。

「自分で言いだしといてなんですが、藁科くんのあのチャンネルに、判決が出るまで根気強く付きあう視聴者がいるでしょうか」

「だよねえ。……だからやっぱり、現時点じゃよくわからない」

と部長は首をすくめた。

「加害者の女性は拘置所にいて、直接の復讐なんかできっこないもんね。できるのは、せいぜいでアクリル板越しの面会くらいだ。まさかそれを動画配信する気かな。『殺人犯の未決囚に面会して、質問責めして泣かせてみた』なんて」

「おい。泣かせたくらいで、四年も迷ってる霊が満足して成仏すると思うか？」

「まあ無理だよね」

泉水の突っこみを部長はあっさり受けて、

「ひとまず、『栗崎山ホスト殺人事件』をあらためて整理してみようか」

とノートパソコンに向きなおった。どうやらわざと鈍いふりをして、部員同士の議論を引きだしたかったらしい。

「ネットに当時の記事のキャッシュが残っているから、これを参照していこう。えー、日付はもちろん四年前だ。

『未明に藪中《やぶなか》で、男子大学生の死体が発見された。道路に血まみれの靴が片方だけ落ちているのを見た新聞配達員が、不審に思って藪を覗《のぞ》いたところ、死体を目撃。所持品などから、大学生の円谷勇雅さん（20）と判明した。検視の結果、刃物による刺創が腹部に二箇所見つかった。県警は事件性ありと見て、捜査を開始』。……これが、二十六日の記事ね。

　そして年をまたいだ一月八日、容疑者が捕まる。『同県在住の女性会社員、塙《はなわ》みゆり（26）が逮捕された。被害者の円谷勇雅さんがバイトしていたホストクラブの常連であり、来店のたび彼を指名していた』だそうだ。『動機については〝店を辞めてくれないから刺した〟〝殺すつもりはなかったが、言うことを聞いてもらえず、カッとなった〟と自供した』……」

　そこで部長は大きく息継ぎした。

　代わりに、つづきを泉水が読みあげる。

「さらに一月二十二日……。こいつは大衆週刊誌の記事だな。見出しは『栗崎山ホスト殺人事件――ホストに溺《おぼ》れ、貯金全額を貢いだワープア女性の慟哭《どうこく》』。この記事によれば、加害者の塙みゆりは手取り月収十四万の会社員だった。しかし忘年会の二次会で連れられて行ったホストクラブで被害者に惚《ほ》れ、通いつめるようになったらしい。

　最低でも週に一度は通い、円谷のためにボトルを入れ、ブランドものの時計やスーツなどを貢いだ。なけなしの貯金はすぐに底を尽き、やがて高金利のキャッシングに手を出すようになる。

　思いあまって『もうお金がない。店に通えない』とすがったが、『あなたのことは好きだが、プライベート全部はあげられない』と円谷にかわされた。キャッシングの返済にも追いつめられた塙みゆりは、クリスマスイヴに円谷を同伴出勤に誘う。それがバッグに刃物を忍ばせての、最後のドライブだった――」

「報道の旗色が変わったのは、二月以降ですね」

モニタを覗きこんで、森司が言う。

「それまでは〝善良な一般女性が、ホストにたぶらかされて道を誤った〟という論調一色でした。でも『週刊明京《みょうきょう》』の記事が、ここで世論に一石を投じます。被害者の円谷勇雅がじつは苦学生であり、〝昼は講義、夕方は家庭教師、深夜から朝はホストクラブという生活をしていた〟というスクープでした。

その記事を機に、世論は割れはじめます。〝そもそも、いい大人が身を持ち崩すほどホストに入れこむのがおかしい〟だとか〝被害者はバイト代で豪遊していたわけじゃない。ほとんど生活費と学費と仕送りに当てていたらしいじゃないか〟だとか、〝相手が誰だろうが、殺すほうが悪いに決まってる。自分の意思で貢いでおいて、殺人で幕引きだなんて許されない〟などの意見が目立ってきたんです」

「それまでの被害者バッシングが強すぎたからね。反論の声は、カウンター的な意味も含んで高まっていった」

部長がタッチパッドを操作しながら言う。

「ちなみに四年前、被害者の円谷くん擁護記事をメインにしたのが、前述の『週刊明京』。逆に円谷くんバッシングの記事が多かったのが、かの『週刊ピークス』だよ。とくに後者は、塙みゆり視点のエロティックな記事で人気を博したらしい」

「ん？　ちょっと待て」

泉水がモニタに目をすがめた。

「ここを見ろ。『週刊ピークス』を出版してるユリウス企画ってのは、『週刊明京』を抱える明京社の子会社らしいぞ」

「おっ、そこに気づいた？　さすが泉水ちゃん」

部長が従弟《いとこ》に向かって親指を立てる。

「まさにそこだよ。この対立は、じつはかなりプロレス的なんだ。八百長とまでは言わないが、演出の匂いが濃いんだよね。でも一般大衆はそんなの知ったこっちゃないから、両雑誌が煽れば煽るほど世論も二分化されていった。〝だますほうが悪い〟派と、〝水商売相手に本気になるほうが悪い。殺しておいてひらきなおるな〟派にだ」

「『週刊明京』は、円谷勇雅が本来は真面目な学生であったこと、母子家庭かつ母親が重度の鬱病《うつびょう》で、金銭的に頼れなかったことを報道しています。反対に『週刊ピークス』は、凄腕《すごうで》のホストに踊らされた、哀れな塙みゆり像を作っていきました」

こよみが眉間《みけん》に皺《しわ》を刻みつつ言う。

部長がコーヒーを啜《すす》って、

「恣意《しい》的だよねえ。後者はとくに、仮名を使ってのポルノまがいの記事が得意だったようだ。以上のもろもろを考えあわせると、藁科くんの動画に『週刊ピークス』が興味を持った理由がわかるよね。彼らにとっちゃ、かつて売り上げを伸ばしてくれた事件が〝控訴とともに無罪主張〟という新ネタをひっさげて再登場、ってとこだもん。利用できるものは、かたっぱしから使いたいんだろう。それと、ぼくが気になったのは……ああ、見つけた。これが塙みゆりの画像ね」

部長がエンターキイを押す。

モニタに、警察車両の後部に座る女性が映しだされた。

うつむいているためわかりにくいが、化粧気のない疲れきった表情だ。髪には艶《つや》がなく、肌も実年齢よりはるかに老けて見えた。被害者に貢ぐのが優先で、自分に金をかける余裕がなかったのかもしれない。

「で、こっちが円谷勇雅」

部長が言う。画像が切り替わり、森司は目を見張った。

ホストクラブで使われていたらしい、白飛びした画像だった。明るい茶に染めた髪に、やや丸みを帯びた輪郭。やけに純情そうな笑みをたたえて写っている。

比べれば、あきらかに円谷の顔立ちのほうが整っているだろう。いや造作だけではない。全体に垢《あか》ぬけており、洗練されてもいる。

だがそのすべてを差し引いても、円谷勇雅は、どこか藁科貴大に似ていた。

5

さらにときは過ぎ、十一月なかば。

藁科の動画チャンネルに、あらたな動きがあった。

民間のＤＮＡ型鑑定所に預けていた、例のジップアップパーカーの鑑定結果が出たのである。

結果は藁科のチャンネルだけでなく、『週刊ピークス』でも大々的に発表された。その見出しは、

『粟崎山ホスト殺人事件に新展開！　収監中の殺人犯のＤＮＡが流出!?　殺害現場に現れた、謎の変質者とＤＮＡが一致！』

記事と動画を要約すれば、つまりこういうことだ。

藁科のジップアップパーカーに付着していた体液が、被告人こと塙みゆりのＤＮＡ型と百パーセント一致したという。彼女のＤＮＡ型情報は地裁で公表されたため、誰でも照合が可能なのである。

しかし塙みゆりは現在、拘置所に収監中の身だ。外界に出て、藁科を襲えるはずもない。

なお藁科は、「襲ってきたやつの顔は見なかったんですか？」とのフォロワーからの

質問に、

「あそこ街灯もなにもなくてさ。相手は真っ暗なとこから飛びだしてきたんだもん。おれが持ってったライトは倒されちゃったし、男か女かもわかんなかったよ。わかったのは、あいつが『ユーガ、ユーガ！』って叫んでたことだけ。動画にも顔とか体形、ぜんぜん映ってなかったしさあ」

と答えている。

「おれが思うに、あれって塙みゆりの生霊なんじゃん？　生霊がツバ飛ばせるなんてはじめて知ったけど、ほら、おれってホストでもいけるルックスだし？　あーいやいやシャレ抜きで、おれってちょっと被害者の勇雅くんに似てねぇ？　ってなわけで、おれもブルガリの時計とか、ゼニアのスーツ貢いでくれるリッチな彼女募集してまーす！　じゃあね。チャンネル登録よろしくぅ！」

一方、さすがに『週刊ピークス』は、三流週刊誌とはいえそれなりの結論を導きだしていた。

「――生身の女性である塙みゆりが、あまたいる看守の目をすり抜けて、自由に拘置所を出入りできるはずもない。となると地裁で証拠として提出されたDNA情報は、がぜん信用能力を落とす。

さて考えられる可能性は三つだ。同じDNA型の人間が、ほかにも存在する？　鑑定が間違っていた？　それとも証拠汚染《コンタミ》だろうか？　ここで特筆したいのは、二〇〇七年ドイツのハイルブロン事件である。ＤＮＡ捜査に使われる採取用の綿棒が、出荷の時点ですでに汚染されていたため、大規模な連続事件が起こったかのような騒ぎを国じゅうに引き起こしたのだ。この大混乱の真相は、〝製造会社の社員が、綿棒を素手で梱包《こんぽう》した〟というお粗末なものであった。

さて前述の三つの可能性のうち、真実はどれだろう？　いや、なによりの問題は、塙みゆりは無実かもしれないこと。そして真犯人がまだ野放しかもしれないことだ。控訴の行方とともに、粟崎山ホスト殺人事件からは、まだまだ目が離せない！」

黒沼部長は、その後も藁科と連絡を取ろうと試みつづけた。しかし、依然としてコンタクトを取ることはかなわなかった。

藁科が顔を見せないまま、十一月は無情に過ぎ去った。

6

仄闇《ほのやみ》に、キャンドルの灯が揺らめいていた。

地下一階にある穴倉のようなバーである。Ｕ字形のカーブを描くカウンターの中では、バーテンダーが熟練の手つきでシェイカーを振っている。その背後に酒壜《さかびん》がずらりと並び、キャンドルと間接照明を鈍《にび》いろに弾《はじ》く。

フロアでは、ピアノの生演奏が響いていた。フランク・シナトラの『オール・オブ・ミー』である。ジャズ調のアレンジで、哀感たっぷりに弾きこなしている。

「――学生にしちゃいい店知ってるねえ。貴大くん」

ウイスキーソーダのグラスを上げて、『週刊ピークス』の瀧田《たきだ》記者は言った。

「北のほうへ飲みに来れたのってひさしぶりだよ。こないだはとんぼがえりだったしさ。最近ってほら、やばいレベルの出版不況じゃん？　なかなか出張の許可も下りないんだ。……ねえ、このぶんならきみ、お姉ちゃんが揃ってるお店もくわしいんじゃない？　このあとの流れ、期待しちゃっていいかな？」

「もちろん」

軽薄に浮かれる瀧田の横で、藁科はゆったり微笑んだ。

ドライなマティーニを、慣れた仕草で口に運ぶ。水のように、すいと軽やかに飲んでみせる。

「ぼくなんかの案内でいいなら、精いっぱいつとめさせてもらいます。もちろん瀧田さんみたいな都会の人には、こんな地方の遊び場じゃもの足りないだろうけど……。でも、意外に悪くないお店だってあるんですよ、ね？」

彼はバーテンダーに目くばせした。心得顔なバーテンダーが、無言で藁科に微笑みかえす。

――なんだよおい、マジで遊び慣れてんなあ。

瀧田はひそかに感嘆した。

彼と会ったのは、今日で二度目だ。先日は用が済めばすぐに帰ったし、基本のやりとりはメールやLINEばかりだった。田舎の駅弁大学生なんて、どうせイモくさいガキだろうと内心かるく見ていた。

──でも今夜は、動画とまったく雰囲気違うじゃんか。あれが全部演技だったとしたら、食えねえガキだ。いまどきの学生はあなどれねえな。

「衣笠《きぬがさ》先生とは、親しくなれたかな？」

せめて会話の主導権は譲るまいと、瀧田は余裕を装ってそう尋ねた。

「先生ってばこの事件に入れこんで、東京とこっちを毎週往復してるらしいじゃない。売れっ子で、忙しい身なのにさ。顔に似合わずタフだよねえ」

衣笠麗《れい》。『粟崎山ホスト殺人事件』において、塙みゆりの弁護人をつとめる新進気鋭の女性弁護士である。

歳は三十四歳。長身のモデル体型で、なかなかの美人だ。そして顔に似合わぬ野心家ともっぱらの評判だった。最近はテレビのコメンテータとしても知られつつあり、いま弁護士界隈《かいわい》一押しの〝売りだし物件〟らしい。

「衣笠先生とは……ええ、何度かお会いしました」

はにかんだように藁科が応《こた》える。

「ぼくと同じくお酒が好きみたいなんで、お伴《とも》させてもらってます」

その表情に、瀧田はぴんと来た。

すばやく頭の中で、衣笠麗のプロフィールを思いかえす。

――ええと、確か先生は既婚者だったよな？　旦那《だんな》は大手自動車メーカーの技術者で、中国に単身赴任中。まだ子供はいなかったような……。

瞬時に、口もとがにやついた。

旦那と離れて、独身気分の美しい中年女性。いかにもあとくされのなさそうな、地方在住の可愛い男の子。何度か会う大義名分があり、しかも交わすのは内密の情報ばかりときている。さらにそこへアルコールが入るとなれば、導きだされる答えは明白だ。

――まあ役得だわなあ。マスコミの目が届かない田舎だからって、衣笠先生も弾けちゃって。

ウイスキーソーダを舐《な》めるふりで、瀧田はグラスの中に苦笑を隠した。

とはいえ文句を付ける気はなかった。

彼とて取材で地方に行けば、存分に遊ぶ。都会は刺激的などとよく言われるが、実際は規制と条例を恐れて小ぎれいになるばかりである。昔ながらの猥雑《わいざつ》さは、いまや地方の片隅にしか残っていない。

「ところで瀧田さんは、どういうお店が好みなんです？」

無垢《むく》そうな笑顔で藁科が問う。

「若い娘《こ》がたくさんいるほうがいいですか？　日本人だけのお店とそうでないお店、どちらがお好きです？　後者だとしても、いろいろありますよ。ロシアンパブ。フィリピンパブ。もっと多人種系の店がよければ、それもいくらでも……。体形はどうです？　スリムな娘がお好き？　ぽっちゃりした娘専門のお店がいい？　どこだって案内できますよ。遠慮しないでください。ぼく、瀧田さんのお役に立ちたいだけですから……」

――この子の声、いいな。

グラスを傾けて、ぼんやり瀧田は思う。

なんとも耳に心地よい声だ。女の子ならいざ知らず、若い男の声を好ましいと思うだなんて、ちょっと前の自分なら考えられなかったことだ。

おれも年を食ったってことかな。男にかわいこぶられたって、いままでなら「なに媚《こ》びてんだ、うぜえ」としか思わなかった。なのに今日は、やけにこころよく感じる。彼の声を、鼓膜が喜んでいるのがわかる。

「なんでもいいよ」

われながら、とろけた口調で瀧田は応えた。

「なんでもいい。――きみに任すよ」

「ウイスキーソーダ、おかわりどうです？」

「うん、いいね。頼もう」

酔いがまわってきたようだ。寝不足のせいだろうか。それとも口当たりのいい酒のせいか。いつになく、酩酊《めいてい》が早い。ひどく気分がいい。こんなに気持ちよく酔ったのは、いつぶりだろう。

何杯目とも知れぬ酒が注がれる。バーテンダーに、瀧田は微笑みかえした。

ふいに藁科のスマートフォンが鳴った。

「すみません」

目顔でことわって、彼が電話に出る。

「はい藁科です。ああ、サツキちゃん？　ごめんね、いまお店にいるんだ。違う違う、男性だよ、例の記者さん。……うん、あとでかけなおすよ。じゃあね」

早口で告げて通話を切った彼に、瀧田はにやりと犬歯を見せた。

「彼女？」

「ええ、まあ」

「まったく、何人目の彼女だよ？　さっきからＬＩＮＥの着信音も鳴りっぱなしだし……。子供みたいな顔して、きみ、そうとうなやり手でしょ」

「まさか。買いかぶりすぎですよ。やだなあ」藁科が笑う。

その笑顔に、瀧田は片目を細めた。

いかん。やっぱり酔っているようだ。視界がおかしい。

微笑む藁科の瞳《ひとみ》が、なんだかぼやけている。ぼやけて、ダブって——そう、二重に揺れて見える。

それにさっきから、やけにぞくぞくする。寒いはずなんてないのに。店内はエアコンがよく効いて、首から上は火照っている。なのに、なぜか鳥肌が引かない。二の腕や太腿《ふともも》が粟立《あわだ》っている。これもやはり、酔いのせいだろうか？

——しかしこのガキ、ほんっと動画とイメージ違うなあ。

ネット越しに観たときは、騒がしい田舎者としか映らなかった。

だが眼前の彼は、ひどく大人っぽい。この余裕たっぷりの態度。如才なさ。ホームグラウンドであることを差し引いても、正反対の印象と言っていい。

なんというか……そう、素人離れしている。最低でも何年か、水商売で慣らした玄人のような。

「ねえきみ、衣笠先生ともよろしくやってんじゃない？」

思わず瀧田の口がすべった。言わでものことを言ってしまう。

だがやはり藁科は、悠然と微笑んでいるだけだった。薄闇に滲《にじ》むキャンドルの灯に、彼はグラスをかざした。

7

木々から葉が落ち、風は日に日に冷たさを増した。

やがて人びとは初雪を見、ジャケットをコートに替え、冷えた耳朶《みみたぶ》をニット帽で隠した。

街にはクリスマスソングが流れ、街路樹の枝には電飾が巻かれた。コンビニの窓にはケーキとチキンの予約を急《せ》かす広告が貼られた。いたるところに緑と赤、金銀の色が溢《あふ》れ、大学の売店にすら『Merry Christmas!!』の文字がディスプレイされた。

そしてついに、十二月二十三日。

森司はやはりアパートの自室で、粗末なパスタを啜《すす》っていた。

今日はちなみに具なしではない。かさ増しのため、例によって特売で買ったえのき茸《だけ》を加えてあった。

鷹《たか》の爪を炒《いた》めたフライパンに、茹《ゆ》でたてのパスタをあける。レンジで加熱しておいたえのき茸を混ぜる。さらに適量のめんつゆ、マヨネーズ、茹で汁を和《あ》え、ゆかりふりかけと刻み海苔《のり》をかけてできあがり、である。本来なら大蒜《にんにく》も入れたいところだが、明日のデートにそなえて我慢した。

「うん、悪くはない」

もぐもぐと咀嚼《そしゃく》しながら、森司はひとりごちた。

「しかしこんな貧乏メシに慣れているおれが、洒落《しゃれ》たフレンチの店など入って大丈夫だろうか……。いや、でも『お値段手ごろで美味《おい》しい』と藍さんの太鼓判付きだしな。庶民のおれでも、きっと楽しめるはず……」

と独り言で気を落ちつかせていると、携帯電話が鳴った。

画面を見る。歯学部の小山《おさ》内陣《ないじん》からであった。パスタを急いで飲みこみ、森司は応答した。

「もしもし？」

「小山内です。八神さん、いまお時間大丈夫ですか」

「大丈夫だけど、どうした？」

「親戚《しんせき》から伝言です。『ご注文のネックレスが届きましたので、明日のよろしい時間にご来店ください』と」

「ああ」

　森司の声が、思わずうわずった。

　小山内の親戚が営む某高級宝飾店に、彼がこよみへのクリスマスプレゼントを発注したのは先週のことだ。

　セミバロックパールの一粒ネックレスである。カタログには『プラチナチェーン。本真珠。胸もとで揺れるタイプで、フォーマルだけでなくカジュアルな装いにもぴったりです』とあった。

　――じつは以前からひそかに、こよみちゃんには真珠が似合うと思ってたんだ。

　プレゼントといえば一般的にはダイヤだが、どうせ森司の予算では芥子《けし》粒《つぶ》ほどの石しか買えまい。それなら思いきって、この機会に真珠を――と、清水《きよみず》の舞台から飛び降りるような心境で店へ電話をかけた。

　すると電話口で店員は、こう問いかえしてきたのだ。

「パールのお色はいかがなさいますか？」

「え……？」

森司は戸惑った。

「パール——って真珠ですよね？　白以外あるんですか？」

「黒真珠というのもございますよ。ですが今回ご注文なされた商品は、アコヤ貝から採れる白の本真珠です。こちらは、巻き厚によって生まれるお色味をお選びできます」

どうやら真珠というのは、白一色ではないらしい。

店員によればアコヤ貝の内側はオパールのごとく七色に輝いており、それぞれの色味が真珠に反映される。その色を、干渉色と言うのだそうだ。

「今回のご商品ですと、ピンク系、ブルー系、グリーン系、ゴールド系、グレイ系からお選びできます」

「はあ……」

「なおどれも無調色となっております。天然の、自然のままのお色ということですね。ちなみに人気はピンク系です。と言っても、ぱっと見はどれも白に見えますが……。ようく目を凝らして見ると、表面の光沢がピンクがかっている、グリーンがかっている、という程度ですね」

森司は悩んだ。そして悩みぬいた末、

「あのう、明日お店にうかがっていいですか。真珠の現物を見せてもらってから、決めたいので……」

と申し出た。店員はこころよく了承してくれた。

というわけで森司は店を訪れ、吟味に吟味を重ねた結果〝ナチュラルブルー〟なる真珠を注文した。

一見したところは透明感ある白だが、光を弾《はじ》くと、肌の上でほんのりブルーがかった輝きを発するのだ。そして青は、こよみの好きな色でもある。

――こよみちゃんは色白だから、寒色系が映えるんだよな。

よし決まりだ。おれの選択はきっと間違っていない。そう決意を固め、森司は予約票を手に店を出た。

その後「ナチュラルブルーの入荷が遅れましたが、イヴ当日には間に合わせます」と連絡が入ったものの、とくにやきもきしてはいなかった。いや正確に言えば、やきもきしていないつもりだった――が、いまこうして連絡が入ってみると、やはり肩からほっと力が抜けた。

「ありがとう」

ごく素直に、森司は礼を言った。

「でもなんで、小山内が知らせてくれるんだ？」

「ああそれは、おれが今日店に行ったからです。八神さんはおれの知人ってことで、親戚価格にしましたからね。ついでに伝えといてくれ、と言われまして」

「へえ。小山内もプレゼント買ったのか」

つい声音に好奇心を滲ませてしまう。小山内が忍び笑って、

「誤解しないでください。妹にですよ。——平気なふりしてますが、おれはこれでもまだ傷心なんです。新しい恋どころじゃありません」

「そ、そうか」

小山内とて、長年こよみを想っていたのだ。それを思いだし、森司は口調をあらためた。

「じゃあ小山内は、クリスマスイヴは……」

「予定どおりサークルのパーティと、ゼミのパーティを掛け持ちです。まいっちゃいましたよ。おれが失恋したって、誰かがばらしたみたいでね。おかげで今年は女子の出席率が例年の一・五倍な上、メンバーでない女子学生まで三十人ほど参加するそうです。ゼミのほうも同様らしくて……。まったく、おれは今年くらい、静かにひっそり過ごしたいのにな」

ふう、と気取ったため息が響いてくる。

同情して損した、と森司は心から思った。

小山内はけして悪いやつではない。ないのだが、どうにもこの天然のモテ自慢だけは鼻につく。家が金持ちで顔がよくて長身で頭もいいのだからモテて当然だが、せめて表面上だけでも謙遜《けんそん》してもらいたい。

「とにかく、ありがとう」

重ねて森司は礼を言った。

「冬休み前に、鈴木も呼んで三人で忘年会でもしよう。じゃあまた」

「いいですね、忘年会。また連絡します」

通話が切れた。

森司は冷めかけた残りのパスタを掻《か》きこんだ。次いでポットを引き寄せる。ティーバッグで熱い茶を淹《い》れ、カップに半分も飲むと、口の中がさっぱりした。

宙を睨《にら》み、「よし」と低くつぶやく。

「……これでプレゼントは確保できた。明日着る服も決めた。映画はアプリで予約済みだし、レストランも予約してある。あとは天気……はよくないみたいだが、これはしょうがない。雨じゃなく雪らしいから、まだマシだ」

だがせめて、ちらちら降るくらいにしてほしい。ホワイトクリスマスは悪くないが、横なぐりの風や、大粒の霰《あられ》は勘弁してもらいたい。

――クリスマスイヴか。

ふっと森司の脳裏を「そういえば」の思いがよぎった。

そういえば例の藁科某《なにがし》が「イヴに生配信する」と言っていたっけ。あの計画はどうなったのか。それに週刊誌とコラボがどうとかの話は、いまだ進行中なのだろうか、と。

森司は右手を伸ばし、ノートパソコンを引き寄せた。レポート作成のため、大学からレンタルしたパソコンだ。

無料動画配信サイトに繋《つな》ぎ、ログインした。むろん履歴はあとで消すつもりだった。

藁科のチャンネルは登録してあるので、左上のメニューから飛ぶ。

——しばらく更新してないみたいだな。

森司は唇を曲げた。最新の動画ですら、十日以上前の日付である。

十一月まではほぼ毎日更新していたのに、それ以降はがたりと頻度が落ちている。とはいえ栗崎山隧道で撮ったくだんのハプニング映像は、着実に閲覧数を伸ばしているようだった。

最新の動画を観てみるべきか、森司は迷った。

あすは待望のデートなのだ。その前に気がかりの種を増やしたくはない。数分、懊悩《おうのう》した。だが結局、森司は再生をクリックした。

はじまった映像は、しかしある意味期待はずれだった。

テーマは「塙みゆりの弁護をつとめる、衣笠麗先生に会ってみた」とやらで、本編の九割が彼女へのインタビューだった。藁科本人は質問役に徹したようで、出演は手と声のみである。

とはいえ、けして堅くるしいインタビューではなかった。

「衣笠先生は、寝るときどんな恰好《かっこう》なんですか？」

「お風呂《ふろ》では最初にどこから洗いますか」

といった色っぽい質問もまじえての、和気あいあいとしたインタビューだ。

テレビで売りだし中の美人弁護士だけあって、再生数の伸びもいい。コメント欄には「こんなとこで衣笠先生を観れるなんて！」「次は、もっとプライベートに突っこんだ質問をお願いします」等々、好意的な言葉が並んでいる。

そして動画は最後に、藁科の陽気な声を響かせて終わった。

「ちょっと更新をお休みします。でもクリスマスイヴには生配信、翌二十五日には重大な発表があるからね。ファンのみなさん、お楽しみに！　チャンネル登録もよろしく！」

8

その頃、藁科はホテルの一室にいた。

ビジネスホテルではない。かたわらに女性はいるものの、安っぽいラブホテルでもなかった。

クイーンサイズのベッド。清潔で糊《のり》の利いたシーツ。完璧《かんぺき》な空調。ホテル自慢のバスルームは浴槽が大きく、ジャグジーとテレビまで備わっている。

また川に面した大きな窓からは、きらびやかな螺鈿《らでん》のごとき夜景が一望できた。

ネオンサインやイルミネーションが川面《かわも》に反射して輝き、たゆたって、夜闇をデコレートする灯《あか》りの数を二倍とも三倍とも見誤らせる。

部屋は、薄闇に包まれていた。

ベッド脇のスタンドと、窓からすこし離れて立つフロアライトだけが、室内にほんのりと光を落としている。

その薄闇の中に、なまめかしい肌いろが浮いていた。かたちのいい長い足だった。ベッドに乗せた片足の爪さきから、薄いストッキングをゆっくりとまとわせる。剝《む》きだしの腿《もも》へと引きあげていく。

「ごめんね。急に呼びだしちゃって」

ストッキングを穿《は》き終え、ドレッサーに向かいながら衣笠麗は言った。

「それから、今日も別べつに部屋を出ましょうね。ただの打ち合わせとはいえ、やっぱり人に見られたら気まずいから」

「了解です」

藁科が笑った。

彼はかっちりした服装のまま、ソファにもたれて座っている。衣笠のしどけない肢体にも眉《まゆ》ひとつ動かさない。動じた様子ひとつ見せない。

平然を装いつつ、衣笠は不満を奥歯で嚙《か》みつぶした。

三十を超えたとはいえ、スタイルにはまだまだ自信があるつもりだ。なのに、着替えまで見せつけてこれでは、自分に魅力がないみたいじゃないか。

――なによ。はじめて会ったときは、もっと野暮ったい子だったのに。

いつの間に、こんなに自信たっぷりな子になったのかしら。動画で世間から注目されたから？　うまく世間をだましおおせているから？

だとしたら、男の子って成長が早いのね――。そう鼻白みながらも、衣笠は顔に下地を塗り、リキッドのファンデーションを延ばした。

衣笠が藁科貴大とはじめて会ったのは、今年の晩夏である。

紹介者は『週刊ピークス』の瀧田記者であった。

いまどきはテレビや雑誌などの大手マスコミでも、素人が撮った動画を当たりまえに使う。ＳＮＳを通して「その動画、使わせてもらえませんか」とコンタクトを取り、使用許可を得て転載するのだ。

瀧田記者と藁科の出会いも、それだったらしい。

藁科がたまたま撮ってＳＮＳに上げた事故動画を観て、「うちの雑誌に静止画を載せたいのですが」と、瀧田からメッセージを飛ばしたのだ。

数回のやりとりで、瀧田記者は藁科を気に入った。

彼の在住市が『粟崎山ホスト殺人事件』の殺害現場から遠くないことも一因だったが、なによりも藁科はビジネスライクだった。

動画配信者やＳＮＳのインフルエンサーといえば、たいてい承認欲求のかたまりだ。

我が強く目立ちたがりで、大手マスコミを嫌い、賞賛と注目を集めることを第一目的とする。

だが藁科は違った。はなから金の話に終始し、

「金額によっては、著作権ごと動画を明けわたしてもいい。商談成立すれば、おれはすぐ動画を削除します」

と彼のほうから持ちかけてきた。自分の手柄をネットで喧伝《けんでん》するより、金銭がはるかに重要だと言外にはっきり告げていた。

申し出どおり、瀧田記者は藁科から動画を買いとった。そしてその後の動向を見守った。

「『週刊ピークス』のあの記事、おれが提供した動画を使ってるんだぜ」

などと、彼がネット上で言いふらすか否かをだ。

結果は合格だった。

藁科はSNSでも動画でも『週刊ピークス』の〝し〟の字も出さなかった。迷惑系の動画ばかり配信する悪ガキの仮面とは裏腹に、ダイレクトメッセージへの返信は礼儀正しく、浮かれたところがなかった。

――こいつなら〝計画〟に引き入れていいかもしれない。

瀧田記者はそう直感した。

そして共犯者たる編集長と、衣笠麗におうかがいを立てた。『栗崎山ホスト殺人事

件』の逆転裁判劇を演出する手ごまとして、彼を加えてみてはどうか、と。

要するに『週刊ピークス』と衣笠弁護士、そして藁科ははなから共謀《ぐる》なのだ。

すべてが芝居だった。藁科がかつての殺害現場で襲われたことも、雪大オカ研へ相談に行ったことも、「警察に相手にされなかったから」と、民間のDNA型鑑定所にパーカーを預けたことも。

すべては『週刊ピークス』の編集長が、

――『栗崎山ホスト殺人事件』は、まだ高裁で引っくりかえせる余地がある。

と強く主張したことからはじまった。

彼は言った。あの事件は世論がいまだ割れている。司法が世論に左右されやすいことは、かの『ロス疑惑』で証明済みだ。世の中が騒げば灰いろも黒にできると、あの地裁判決ではっきりしたじゃあないか――と。

『ロス疑惑』とは、一九八一年にロサンゼルスで起こった日本人銃撃事件である。撃たれたのは輸入雑貨商の夫婦だった。夫は足を撃たれ、妻は頭部を撃たれて死亡した。

事件が急展開したのは三年後だ。さる週刊誌が『疑惑の銃弾』なる記事で、「夫は妻に多額の保険金をかけていた。彼の犯行ではないか」と世に疑惑を投げかけたのだ。

結果、世論は沸騰。日本じゅうを巻きこむ大騒ぎとなった。

検察はその勢いを借りて、輸入雑貨商の夫を起訴した。

地裁の判決は無期懲役だった。しかし高裁で証拠不十分と認められ、逆転無罪。最高裁も高裁を支持し、二〇〇三年に夫の無罪が確定した。

『週刊ピークス』の編集長は言った。

――おれたちの手で『粟崎山ホスト殺人事件』を、第二の『ロス疑惑』にするってのはどうだ。

――どうせおれたちは三流ゴシップ週刊誌だ。与太記事の送り手だ。たとえあとで責められたって、「うちの記事を信用するほうが悪い」とひらきなおってやれる。

――このままジリ貧で休刊になるくらいなら、なんでもやってやろうぜ。

その言葉にのったのが、瀧田記者だった。

瀧田はまず、被告人である塙みゆりの両親に会った。「若い娘さんを、十何年も刑務所で過ごさせていいんですか」とかきくどき、協力を仰いだ。

迷った塙みゆりの両親は、衣笠弁護士に相談した。すると驚いたことに、彼女までもがこの計画にのってきた。

「ただし、わたしはノータッチを貫きますけどね。わたしはそちらの動きを把握した上で、正攻法の弁護活動にいそしむってだけ」

そう念を押しつつも、衣笠は瀧田たちが考えた小細工を承認した。

小細工とは、ＤＮＡ型鑑定の攪乱《かくらん》である。

拘置所の未決囚には、家族などの面会者が衣服や本を差し入れできる。そして汚れた衣服や読み終えた本は、同じく面会者に渡して持ち帰ってもらう。これを〝宅下げ〟という。

塙みゆりの母は、メンズSサイズのジップアップパーカーを「パジャマとして」娘に差し入れした。そして宅下げのあと、袋ごと瀧田記者に渡した。

塙みゆりのDNA付きパーカーは、さらに藁科へ渡った。小柄で痩身《そうしん》の藁科にはぴったりのサイズである。藁科はそれを着て栗崎山隧道へ赴き、動画を撮った。なお襲撃者のふりをしたのは瀧田記者だ。体形や靴のサイズがはっきり映らないよう、注意に注意を重ねて撮影した。

――弁護側は、〇・〇一パーセントの疑惑を投げこむだけでいい。

裁判の定石だ。

純度百パーセントの黒いインクに、ほんの一滴灰いろのインクを落とす。それだけでインクは百パーセントの黒ではなくなるのだ。そして司法は「疑わしきは罰せず」「灰いろ無罪」を大前提として動く。九九・九九パーセントあやしくとも、〇・〇一パーセント無罪の疑いがあるならば、それは「黒ではなく灰いろ」である。灰いろに有罪判決は下せない。それが法律というものなのだ。

犯人と凶器は確保してあるのだから、再鑑定すればいいだけでは？　と言う者もいるだろう。しかし再鑑定では、不可解な点は完全に解消されはしない。種が蒔《ま》かれ、疑惑が芽を出してしまってからでは遅い。

弁護士の強みは「真相を解明する必要はない」という点だ。

弁護士は、探偵でも捜査員でもない。ただ一点の穴を突き、「灰いろじゃないか」と主張するだけでいい。

とくにＤＮＡ型鑑定は、足利《あしかが》事件の無罪判決から信憑性《しんぴょうせい》が揺らいでいる。いや、実際に正確性が落ちたわけではない。だがあの事件に影響された司法関係者の、心がわずかに揺れている。

——〇・〇一パーセントの疑惑を、十倍にも百倍にも見せかけてふくらませるのが、おれたちの仕事だ。

そう『週刊ピークス』の編集長はうそぶいた。

裁判は水ものだ。世論は司法関係者を動かす。彼らの心の天秤《てんびん》を、そっと一押しする。大衆に責められたくない、評価されたいという水面下の意識を左右する。

小細工そのものは単純だ。記事もいつもどおり、三流ゴシップの域を出ないものだ。しかし今回はそこへ、インターネットの力を加える。

マスコミ不信が強い世代は、そのぶんネットやＳＮＳに信用の針を傾けがちだ。素人が作った動画や、一般人の発信を既存のマスコミより身近に感じる。「仲間の側から出た言葉だから、信頼できるに違いない」と思いこむ。

雪大オカ研を巻きこんだのは、藁科のアイディアであった。

噂と情報の拡散に、一役かってもらうためだ。

「ネットの情報より、ナマの噂を信じる人はまだまだ根強い」

「雪大オカ研は、地元の大学の中で有名なんです。あいつらの名前を出すだけで、学生の間では信憑性が増す」

襲われた云々《うんぬん》と藁科が警察へ駆けこんだのも、もちろんポーズである。

警察が生霊などという与太に取りあうわけがない。だがポーズは大事であった。芝居はディテールがものを言う。芝居だからこそ、基本の手順は踏んでおくべきなのだ。

――そうして、この計画と目論見《もくろみ》は成功しつつある。

衣笠はスーツのボタンを留めながら、にんまりと笑った。

まだ大マスコミを動かすほどではない。しかし一部のネット世論は確実に「塙みゆりVS円谷勇雅」に割れ、ふたたび争いはじめている。SNSでお互いの派閥を攻撃しあい、裁判とまったく関係ないところで〝場外乱闘〟を繰りひろげている。

衣笠にとっては、どう転ぼうがかまわない。

もともと負けて当然の裁判だ。多少なりと減刑できれば「善戦」と称され、もしも無罪を勝ちとれたなら「大金星」である。

控訴が棄却されたところで、裁判そのものが注目を集められれば充分だった。テレビや新聞からコメントを求められ、大衆にいい印象を与えられれば、今後の展開が違ってくる。ワイドショウのレギュラーだって夢じゃない。

よしんば一連の小細工がバレたとしても、衣笠には関係ない。いっさいの「やらせ」に彼女は参加していないからだ。

パーカーを宅下げしたのは塙みゆりの家族。動画を作製したのは藁科。記事を書いたのは瀧田である。最初に明言したとおり、彼女はノータッチを貫いている。なにがどうバレようと、知らぬ存ぜぬで突っぱねられる。

——そのつもり、だったのに。

衣笠は、行儀よく座る藁科をちらりと見やった。

失敗した。田舎の大学生とあなどって、接触しすぎた。ノータッチの予定だったのに、わたしはこの子に惹《ひ》かれはじめている。

しかも手玉に取られているのはこっちのほうだ。

それとなく誘っても、こうしてホテルの部屋に誘って着替えを見せつけても、藁科は余裕たっぷりに微笑むだけときている。そのくせ拒むでも、嫌悪するでもないのだ。「先生、綺麗《きれい》ですね」「一緒にいられるだけでいいんです」などと、甘い言葉までささやいてくる。

薄闇を裂いて、着信音が鳴った。

藁科のスマートフォンだ。

「もしもし？……ああうん、大丈夫」

藁科の声音が、途中からはっきりと甘くなった。

「大丈夫だけど、ちょっといま出先だから、かけなおすよ。え？　なに言ってんの。違う違う。ありえないって」

女だ。衣笠の心臓がどくりと跳ねた。と同時に、胸が引き絞られるように痛んだ。

嫉妬《しっと》？　と自問する。まさか、と心中で笑い飛ばす。

だがやはり、胸の痛みはやまなかった。鈍い疼《うず》きはじくじくと広がるばかりだ。わけもなく、胃のあたりがざわつく。

「……そんなことないよ。心配しないで。明日の夜はちゃんと空けてあるから……。うん、わかってる。じゃあ明日ね」

藁科が通話を切る。同時に衣笠は彼を振りかえった。

「例の、紗月《さつき》ちゃん？」

冷静な声を出したつもりだった。しかし、語尾は無様に震えた。

「ええ、まあ」

藁科があっさり答える。こちらを見もしない。平然とした横顔が小憎らしい。

「年上の彼女なんだっけ？　一浪していま四年だって言ってたから、三歳上ね。同じ雪大生なの？」

「いえ、違います。彼女は別の大学」

「じゃあ毎日会えるわけじゃないんだ。でも明日はイヴだものね。本命の紗月ちゃんと、二人きりで過ごすのね」

「はい。待ちに待ったイヴですよ」

藁科は笑った。

「このときを待っていたんだ。……明日は、積年の思いがかなう日です」

彼の言葉の意味はわからなかった。だがどうでもよかった。耳に入れたくなどなかった。衣笠は衝動的に駆け寄り、座る彼にむしゃぶりついた。

顎《あご》を摑《つか》んで、強引に顔を上げさせる。

彼の双眸《そうぼう》が衣笠を射た。

――この眼。

なぜだろう、この眼に逆らえない。彼女は陶然と思った。

こんな目つきを〝揺れるまなざし〟と呼ぶのだろうか。えもいわれぬ瞳《ひとみ》だ。揺れて、潤んで、たゆたっている。そらせない。

見つめていると、ぞくぞくと鳥肌が立つ。なんでも聞いてあげたくなる。

彼の言うことなら、すべてかなえてあげたく――いや、かなえなければいけない、という心持ちになってくる。

スーツに皺《しわ》が寄るのもかまわず、衣笠は彼の首へしがみついた。

9

一夜が明けて、ついに二十四日がやって来た。

街全体がふわふわと浮き立っているようだ。商店街を歩けば、あちこちにクリスマスツリーが立ち、店員はサンタ帽をかぶって接客している。どの店の窓にも、光るモールや柊《ひいらぎ》や星の飾りが吊《つ》られている。

フライドチキンのファストフード店には行列ができ、はたまた評判のケーキ屋には「本日は予約のみです」と張り紙が出され、オーバーアーケードの天井からは天使をかたどった金のモビールが揺れている。

そんな空気の中を、オカ研部長こと黒沼麟太郎はゆったりと歩いていた。

腕時計を覗《のぞ》く。五時二十二分。

理学および工学系の女性陣とは、

「ケーキビュッフェ『グレイズレー』の前で六時半」

と約束した。まだまだ余裕がある。さて、それまでどこで時間をつぶすべきか——。

「やっぱり書店の『萬松堂《ばんしょうどう》』かな。そういえば今月はまだ、あそこの二階を覗いてないもんね。みすず書房の新刊をチェックしなきゃ……」

そうひとりごちたところで、彼は雑貨屋から出てきた女性に目を留めた。

すらりとした長身である。風に揺れる髪が長い。足も驚くほど長い。大人っぽいグレージュトレンチに、スキニーデニムとニット帽を合わせてカジュアルに着こなしている。

ぱっと目を惹く美女だ。だが目を留めた理由はそこではなく、単に知り合いだからであった。元オカ研副部長の三田村藍である。

向こうも黒沼に気づいたらしく、

「あれ、部長？」

と手を振ってくる。黒沼は笑顔を返した。

「やあ藍くん、ひさしぶり。四十二時間ぶりくらい？」

「そのくらいじゃないかな。えーと、部長はケーキビュッフェの予定だっけ？　そっちも古町なのね。何時から？」

「六時半。藍くんは？」

「あたしは六時からのはずだったんだけど、『店が開いた』ってＬＩＮＥが来たんで、いまから向かうとこ」

「早い開店だね」

「友達がやってる店だから、融通利くのよ。今日は貸しきりだしね」

「そっか。いってらっしゃい。飲みすぎないで」

「部長こそ食べすぎな――あら？」

藍が目をすがめた。

その視線は黒沼を追い越し、はるか後方を向いていた。つられて、彼も振りかえる。

だがそれを見ているのは、彼ら二人だけではなかった。

バス停前のベンチだ。

座っている。座っているだけなのに、注目を浴びている。

正確に言えば、ベンチの前を行き過ぎる人びとが一瞬ぎょっとした顔になり、そそくさと通り過ぎてから、

「すっげえ美人……。でも、すげえ怖《こえ》え……」

「誰だよ。イヴにあんな美人をあそこまで怒らせるやつ……」

とささやきあう、という事態を路上のあちこちで生んでいる。

こちらもまた黒沼の知り合いであった。雪大オカ研現部員の、灘こよみだ。

「こよみちゃん」

「こよみくん」

藍と黒沼は、慌てて彼女に駆け寄った。

しかし当のこよみは、いっこうに彼らの存在に気づかなかった。顔をまっすぐ前方に向けたまま、身を強張《こわば》らせている。その視線は宙を睨《にら》み、眉間《みけん》には刻みこまれたような深い皺が寄っていた。

フレンチレストランでデートだからだろうか、ややフォーマルな雰囲気のノーカラーコートでお洒落《しゃれ》している。それがさらに怖い。鬼気迫る表情と、全身から立ちのぼる緊迫感と不釣り合いすぎて恐ろしい。

「おーい、こよみくん」

呼びかけながら、黒沼はこよみの眼前にしゃがみこんだ。

「おーい、ってば」

鼻先で手を振ってやると、ようやくこよみが目をしばたたいた。

「え、あ——あれ、部長？　藍さん？」

「どうしたのよ。バスを待ってるの？」

「怖い顔になってたよ」

二人で口ぐちに言うと、こよみは深いため息をつき、うなだれた。

「すみません。き、緊張していまして……」

いま一度小声ですみません、と言う。膝《ひざ》の上で拳《こぶし》を握る。

「……わたし、家族以外の男性と二人きりでイヴを過ごすの、はじめてなんです」

「うん。それは知ってる」

藍はうなずいて、こよみの肩に手を置いた。

「これから、八神くんとの待ち合わせ場所に向かうのね？」

「はい。気持ちを落ちつけてから行こうと思って。まずは街をすこし歩いて、でも気が急《せ》いてしょうがないので、一時間ほど前にこのベンチに座ったんです。でも、緊張が昂《こう》じすぎたのか、ここから動けなく——……」

「一時間前」

藍と部長は異口同音に叫んだ。

「そんな、寒かったでしょう」

「寒いし危ないよ。いくらイヴとはいえ、こんなところに女の子一人でいたら危険だ。不届き者にナンパされ……」

　そこで黒沼は語尾を消した。

　いや大丈夫か、と思ったからだ。現にいまもって、誰一人こよみに近づく者はない。張りつめて尋常でないオーラを放つ彼女を、みなが遠巻きにしている。

　かけるべき言葉に困っていると、背後でちょうどバスが停まった。

「あ、ほらバスが来たよ。こよみくん、乗って乗って」

「そうよ。これに乗らないと待ち合わせに遅れちゃう」

「は、はい」

　こよみが首肯し、ぎくしゃくとベンチから立ちあがった。

「では、行ってまいります」

「いってらっしゃい」

「いってらっしゃーい。無事に帰ってくるんだよー」

　なぜか藍と黒沼まで緊張し、バスに乗りこむこよみを固唾《かたず》を呑《の》んで見守った。バスの扉がぷしゅう、と閉まり、走りだしたあとは二人ともぐったり疲れていた。

　なんとはなしに顔を見合わせ、ほっと息を吐く。

「お疲れ。……じゃああたし、友達の店に行くわ。またね」

「うん。バイバイ」

手を振りあって別れる。

黒沼はいま一度息をつき、腕時計を覗いた。五時三十六分。書店でぶらつく余裕は、さいわいまだ残っていそうだった。

そして時計の長針が約一周した頃。

黒沼はケーキビュッフェ『グレイズレー』の前で、女子院生七人と無事に合流できていた。

両開きの木製ドアを押しひらく。店に一歩入った瞬間、ずらりと並んだ色とりどりのケーキが視界を占拠する。

クリスマスだからだろうか、やはり苺《いちご》がのったケーキが多いようだ。ほかにもメロンのショートケーキ、チーズケーキ、フルーツタルト、ミルフィーユ、ムース、プリン、アイスケーキ……。フードメニューも充実していて、サンドイッチ、サラダ、パスタなどが十種類以上揃っている。

しかしなんといっても今回の目玉は「ワインが飲める」ことであった。

その代わりワインとフードだけの客はお断り。ワインはむろん別料金。かつクリスマスの二日間は予約のみで、三時間制限である。

「乾杯！」

「はい、かんぱーい！」

白ワインのグラスを、音高く全員で打ちあわせた。

「どうする？　誰かがまとめて取ってきちゃう？」

「苺ショートだけ人数ぶん持ってきて、あとは各々でいいんじゃない？」

「あ、あとサラダもまとめて取ってこようよ。こう真ん中にどーんと置いて。みんなでつつく感じで」

「えー、サラダいる？」

「いるいる。甘味屋の漬物と一緒」

「お汁粉の合間の漬物、染みるよねー」

きゃいきゃいと盛りあがる。

やがてボウルに山盛りのシーザーサラダと、八個の苺ショートが届いた。あらためて乾杯をやりなおし、グラス片手にさっそくケーキに取りかかる。

「——カップルで過ごすイヴも、そりゃいいだろうけど」

女子院生の一人がモンブランをフォークで大きく削って、

「女同士水いらずで、こうして気兼ねなく過ごすイヴもいいわよね」

と、しみじみ言った。

その隣で黒沼が片手を挙げる。「一応ぼくがいるけど」

「そうだった」

「忘れてた」

「ごめんごめん、悪気はないの。ただあまりにも黒沼くんが違和感なくしっくり馴染《なじ》んでるから。仲良しって意味よ。いいことじゃない」

と四方八方から声が上がった。とりなすように、斜め向かいの女子が訊《き》く。

「ところで分家の従弟《いとこ》くんは、いまどうしてるの？」

「泉水ちゃん？　あの子なら九時過ぎまでバイトだよ」

答えながら、黒沼はオペラケーキを口に運んだ。ねっとりと濃厚で、ビュッフェ形式の店にしてはかなり上等だ。

「バイトかあ。でもそれが終わったら、さすがにデートじゃない？」

「じゃないってさ。『帰ったら寝る』って言ってた」

「ああ、もったいない」

「彼、モテるでしょうに」

テーブルのあちこちから嘆息が湧く。

洋梨とフランボワーズのタルトを引き寄せて、端席の女子が言った。

「そういえば、噂で聞いたわ」

「情工のＭ２が、かの従弟くんをシルバーウィーク前に誘ったらしいの。『ドライブ行かない？　一泊旅行でもいいよ。お金ならこっちが出すし』とかなんとか」

「うわ、露骨」

「それでどうなったの？」

「速攻で断られたってさ。『無理。稲刈りがある』って――」

数秒、場がしんとなった。

うわぁ、と黒沼は思わず首を縮めた。

この沈黙。これはもしかして、うちの従弟が「冷たい」「無礼だ」と非難される流れだろうか。だとしたら、空気を壊さぬよう留意しつつも従弟を弁護せねばならない。だがなにしろ多勢に無勢だ。さすがに荷が重いか……、と内心で覚悟していると、

「――素敵よね」

モンブランの女子が重々しく言った。

「女より稲刈り。クールかつ現実的で、合理的な意見だわ」

「男は合理的でないとね」

「将来有望よね」

女子たちが深ぶかとうなずきあい、ふたたびケーキへ向きなおる。

黒沼はほっと胸を撫《な》でおろした。よかった。多少複雑な気分もないではないが、楽しいイヴの空気が壊れなくてほんとうによかった。

そう安堵《あんど》する彼をよそに、左隣の女子がグラス片手に腰を浮かせる。

「わたし、ワインもう一杯もらってこようっと。ほかにおかわり希望の人いる？　よかったら、一緒にもらってくるよ」

「こっちお願い」

「あ、ぼくもお願——……」

黒沼が言いかけたとき、機種変更したばかりのスマートフォンが手もとで鳴った。メールである。送信者を確認すると、藍からだった。件名は「至急」で、画像が添付されている。

画像をひらいて、黒沼は眉根《まゆね》を寄せた。

写っているのは藁科だった。ビストロらしい店内を背景に、二人掛けの席に座っている。向かいの人物は観葉植物に隠れて見えないが、おそらく女性だろう。

次いでメールの本文を読む。

「部長、これって例のお騒がせ配信者くんよね？　二軒目に来たら、彼がいたのよ。でもなんだか様子がおかしいの」

黒沼は返信を打ちかけ、やめた。

「ごめん、ちょっと電話してくる」

と女子たちに告げて立ちあがる。

通話できるブースに移動し、あらためてスマートフォンを取りだした。藍の番号にかける。ワンコールで「もしもし？」と応答があった。

「藍くん、いまどこ？」

「鍋茶屋《なべぢゃや》通りの『ビストロ季夏《きか》』ってお店。店長が高校時代の友達なの。配信者くんは、窓際の席にいる」

「藁科くんね。画像見たけど、本人で間違いないよ。ところでおかしいって、なにがどうおかしいの？」

「それが……気づいたのは、店員の子なんだけどね。『あそこのお客さん、女の子と二人でデートみたいなのに、言ってることが変だ』って言うのよ。『〝ぼくのためなら殺せるよね〟だの〝好きなら深く刺せるはず〟だの、通りかかるたびに物騒な言葉が聞こえてくるんです。なのに二人とも顔はにこにこ笑ってて、気持ち悪い』って……」

「わかった。いったん切るね」

早口で黒沼は言った。

「泉水ちゃんに電話してみる」

急いで通話を切り、泉水の番号を呼びだす。

しかし、無駄だった。バイト中ゆえ、彼は電源を切っているらしい。機械的なアナウンスがむなしく響くのみである。

——八神くんたちはデートだし……。ああ、鈴木くんもバイトか。

数秒考え、黒沼は小走りにテーブルへ戻った。

「用事ができちゃったからごめん」と、女子院生たちに詫《わ》びて退店するためであった。

鍋茶屋通りの『ビストロ季夏』には、ものの数分で着いた。

「藍くん！」

扉の前で待っていた藍に駆け寄る。

「藁科くんは？」

「たったいま退店したとこ。あそこのコインパーキングに、二人で入っていった」

黒沼は、藍が指さす方向へ首を向けた。

と同時に、遮断式ゲートをくぐって紺のアウディが出てきた。

入り口のライトのおかげで、助手席に座る藁科の顔がはっきり見えた。ハンドルを握っているのは若い女性だ。藁科と同年代か、もしくはすこし上だろう。

「ちょっと！　女の子のほう飲んでたのに。飲酒運転！」藍が叫ぶ。

「とにかく追いかけよう」

黒沼は言い、『空車』のランプを光らせるタクシーに腕を振った。

10

門柱の灯《あか》りに照らされて、モダンな銅板の表札が闇に浮きあがっている。

刻まれた姓は『円谷』と読めた。

住宅街の奥まった角地に建つ、白い壁の瀟洒《しょうしゃ》な邸宅である。門扉をくぐると手入れのいい庭があり、乱形の鉄平石を張ったアプローチの先には、チーク材の重い玄関ドアが待っていた。

「ただいま、パパ」

「あれ、おかえり紗月。早いじゃないか」

リヴィングのソファでまどろんでいた円谷政義《まさよし》は、慌てて身を起こした。壁の時計を見上げてから、文字盤と娘の顔を交互に眺める。

一人娘の紗月が「デートだ」と言って家を出たのは、わずか二時間前のことだ。

「泊まりは許さないぞ」と釘《くぎ》は刺しておいたものの、こんなに早く戻るとは思わなかった。意外だ。いやそればかりか、背後に見知らぬ男まで連れている。

紗月が含み笑って、

「じつはパパに彼を紹介したくて、二軒目に行かなかったんだぁ。うちに連れてきちゃった。ねえパパ、いま時間いい？」

と甘えるように首をかしげる。

紗月は白いモヘアのセーターにアコーディオンプリーツのスカートと、いかにもデートらしいおめかしをしていた。心なしか化粧が濃い。呼気からは、かすかにアルコールが香った。

「もちろんだよ」

苦笑して政義はうなずいた。

職場では「剛腕」とも「ワンマン」とも言われる彼だが、どうにもこの一人娘にだけは弱かった。

「ママは？　まだ帰ってないの？」

「ああ。芝居が終わるのは九時だって言ってたからな。そのあとはどうせ、友人たちと打ち上げだろう。下手をしたら午前さまになるんじゃないか」

政義は肩をすくめた。妻がある劇団のファンになったのは、二年前のことだ。今年は「イヴ公演」とやらがあるそうで、早いうちからチケットを取っていた。

好きにすればいい、と政義は黙認した。どうせ娘も大きくなり、家族でパーティをすることもなくなった。たまにはクリスマスイヴを、おれ一人でゆったり過ごすのもいいだろう、と。

――それがまさか、こんなサプライズが待っているとはな。

紗月の気まぐれはいつものことだ。だがまさか前触れなく「彼氏を紹介したい」と言われるとは、予想だにしなかった。

娘の彼氏と引き会わされるなぞ、父親にとっては一大イベントである。政義は内心、舌打ちしたい気分だった。わかっていたらこんなスウェットじゃなく、よそいきの服を着て、部屋だって妻にひととおり掃除させておいたものを――。

しかしそんな父の内心も知らず、紗月は無邪気に若者を手で示す。

「パパ、こちら藁科貴大くん。雪越大学の二年生なの」

「ほう、よろしく」

政義は強張《こわば》った頬に、かろうじて愛想笑いを浮かべた。

「雪大か。優秀なんだな」

「いえ、私立は学費が高くて無理だったんです」

藁科がそう言って笑いかえす。その笑顔に、なぜか政義はぎくりとした。そして狼狽《ろうばい》した自分に自分で驚いた。

――なんだ？　わたしはいま、なぜ動揺した？

わからなかった。政義は眼前の若者をあらためて見つめた。

やはり見覚えのない顔だ。なのに、どうしてだろう。奇妙に胸がざわつく。

「ええと……藁科くん、だったか？　どこかで会ったかな」

「いえ、初対面だと思いますが」

藁科が愛想よく答えた。紗月が割りこんで、

「ああ、それってもしかしたら、どっかの学校を視察したとき会ったんじゃない？　あのね貴大くん、うちのパパは教育委員会で、えーと、総務部長？　とかって役職なんだよ。家じゃこんなふうだけど、けっこう偉いらしいの」

「こら、よしなさい」

政義は娘を手で諫《いさ》めた。「家じゃこんなふう」も「けっこう偉い」も、ありがたいとは言えない紹介だ。

彼は自分のグラスを持ちあげ、藁科に尋ねた。

「よかったら、付きあうかね」

「ありがとうございます。いただきます」

笑顔を崩さず若者が言う。

やはりだ、と政義は思った。この青年には、なぜか目を惹《ひ》かれる。無邪気な笑みに吸い寄せられてしまう。いや正確には彼の双眸《そうぼう》に、か。

「パパと貴大くんったら、さっそくいい感じじゃん。待ってて、グラス持ってくるね」

紗月が手を叩《たた》き、キッチンへ向かった。


「だからだね、わたしは言ってやったんだよ。いまどきの子供はなってない。とくに女子の非行化は嘆かわしい以外の言葉がない、と……」

政義は声高らかに、機嫌よく演説をぶっていた。

グラスを呷《あお》ろうとして、中身が乏しいと気づく。すかさず横から手が伸びてきた。

「おかわり、作りましょうか」

藁科だった。

「すまんね」

政義は素直にグラスを渡した。

手際よく藁科がウイスキーロックを作るのを、目を細めつつ眺める。壜《びん》からジェムソンが指二本ぶん注がれ、アイスペールからは氷が三つ放りこまれた。じつに手慣れている。目にこころよいほどだ。

「ええと、どこまで話したっけ？　ああそうだ。昨今の女子の非行化。まったくあれは嘆かわしい。パパ活だの、出会い系だの、神待ち掲示板だの……。犯罪に巻きこまれる事案も増えているらしいが、あんなのはわたしに言わせりゃあ、自業自得以外のなにものでもないよ。ＳＮＳで知っただけの相手とほいほい会ったり、家に泊まらせてもらったり、無防備にもほどがある。だいたいね、ああいうのは親のしつけがよくないんだ。あんな馬鹿娘どもの愚行まで〝教育のせいだ、学校のせいだ〟と騒ぐ風潮には、まったく反吐《へど》が出るね……」

手渡されたグラスに、政義は口を付けた。

美味《うま》い。ジェムソンはアイリッシュ・ウイスキーの名品だ。独特のとろりと濃厚な味わいがたまらない。そのくせ雑味や癖がないから、いくらでも飲めてしまう。

「でも、パパ」

紗月が口を挟んだ。

「ああいう子って最近の社会調査じゃあ、『ただの非行とは言いきれない』って結果が出てるんだよ。根っこには貧困とか、それにともなう親からのＤＶとかがあるんだって。家にいたら殴られたり性的虐待を受けたりするし、家にお金を入れなきゃいけないのにバイトを雇い止めされたりして、しかたなくパパ活する子も増えてるの」

「なあに。そんなの言いわけさ」

政義は手を振った。

その拍子に、視界がくらりと揺れる。体ごと大きく傾きかけ、慌てて立てなおした。

――まずいな。今日は、いつもより酒が進んでしまったようだ。

頭の芯《しん》が痺《しび》れる。五感が鈍っているのがわかる。

だから彼は気づけなかった。先の娘の言葉は、およそ紗月らしくないことに。彼の娘は社会調査などを気にかけ、意見を述べるタイプにはほど遠いことに。

――こんなに気分よく飲めるのは、いつぶりだろう。

娘の彼氏なぞにいきなり会わされて、不本意なはずなのにな。政義は首をひねった。

いや、でもこの青年はなかなか見どころがあるぞ。悪くない。その証拠に、さっきからおれの言葉にうんうんと笑顔で聞き入っている。

可愛いやつだ。素直で従順で、いまどきのガキにしちゃ礼儀をわきまえてる。ロックを作る手際もいいし、相槌《あいづち》のタイミングだって絶妙じゃないか。そのせいで、銀座の高級店で飲んでいるみたいにどんどんグラスを空けちまう。

「ねえ、パパ」紗月が言う。

「彼を気に入った？　彼って、いいでしょう？」

ああ気に入ったよ、と政義は胸中でうなずく。こんな好青年がいるとは思わなかった。最近の若者だって捨てたもんじゃない。

「なあ、きみ――」

政義は、利き手で藁科の肩を抱いた。

「やっぱり、どこかで会ったことがあるよ。そうだろう？」

舌がわずかにもつれた。うまく呂律《ろれつ》がまわらない。

眼前で藁科が、彼にそっと微笑みかえす。

その表情に、思わず政義は「ああ」と呻《うめ》いた。

突如、雷に打たれたような理解が襲う。やっとわかった。眼前の青年が誰に似ているか。政義に、誰を思い起こさせるのかを。

——そうだ。かつて、わたしが惚《ほ》れていた女だ。

正確に言えば、二十数年前の先妻であった。

とはいえ離婚する数年前から、その微笑は彼女の顔から消え失せていた。同時期に、彼の先妻への愛も消えた。別れる頃には、嫌悪と攻撃欲しか残っていなかった。

だが間違いない。この若者は、わたしが愛していた頃の彼女に似ている。

驚きが、脳から体へじわじわと染みわたっていく。

しかし、思ったほど悪い気はしなかった。

いまとなればなにもかも思い出だ。過ぎ去った美しき過去だ。

ああ、すっかり酔ってしまった。頭も手足も重い。気だるい。それがまた気持ちいい。手の中のグラスが何杯目かも、もはや判然としない。

視界の端で、紗月が席を立つのが見えた。キッチンへ向かったようだ。

サラミかチーズでも切ってくるのかな、と政義は思った。

あの子にしちゃ気が利いている。彼氏の前だからって、柄にもなく甲斐《かい》甲斐《がい》しいところを見せるじゃないか。万年反抗期だと思っていたが、やっぱり可愛いところがあるんだな——と。

　ふと肩に手が触れる。娘の華奢《きゃしゃ》な手だと、重さでわかった。

「なんだね、紗月……」

　ソファに座ったまま振りかえる。

　途端、政義は凍りついた。

　まず目に入ったのは、鈍く光る刃だった。よく研がれた出刃だ。シンク下の収納棚に差してあるはずの、円谷家の出刃包丁であった。

「さ、——紗月……？」

　悪い冗談はやめなさい、とつづけるつもりだった。しかしその声は、喉《のど》の奥で消えた。

　首をもたげた瞬間、娘の顔が目を奪ったからだ。

　紗月は、まるきりの無表情だった。弛緩《しかん》しきっている。口がひらき、顎《あご》がだらりと落ちて、顔が倍にも長くなったかに見える。

　だがその表情とは裏腹に、両の手ははっきりと意思を持って包丁を握りしめていた。

　鋭い刃を、政義の鼻先に突きつけている。

　政義はソファから転がり落ちた。

「……ま、待て、おい……」

尻《しり》で後ずさりながら、彼は唸《うな》った。

なぜだ、と問いたかった。

なぜだ。さっきまで、おまえだって機嫌よく飲んでいたじゃないか。わたしのせいか？　わたしがなにか、怒らせるようなことを言ったのか？　だとしたら謝るが、でもどうして刃物なんて――。

救いを求め、政義は首をめぐらせた。

藁科が視界に入る。ほっとした。

そうだ、こいつがいた。彼氏であるこいつの言うことなら、きっと紗月も聞き入れるだろう。彼に娘をなだめさせ、早く落ちつかせなければ。ああでも、こいつの名前はなんといったっけ。

「き、きみ……」

あえぐように、政義が呻いたそのとき。

「――いつもこの夜、でしたね」

藁科が、絵のように微笑んだ。

「いつもイヴはこの家で、でしたよね。父さん」

政義は目を見ひらいた。

まさか、と思う。そんなまさか。あり得ない。いや、でもこの口調。この目つき。そしてあの女に生きうつしの笑顔。

「――……、ゆ」

声がかすれた。

「……勇雅、か……？」

馬鹿な。そんなわけがない。

だってあいつは死んだ。殺されたんだ。四年前のこの日に。クリスマスイヴに。

おれの息子。間違いなくおれの血を分けた、しかし、これっぽっちも愛せなかった息子――。

その刹那《せつな》、政義の脳裏で記憶が弾《はじ》けた。

勇雅と最後に会ったのは、そう、あの子が中二の冬だ。その日もやはりイヴだった。十二月二十四日である。

勇雅は、彼と先妻との間にできた子だった。

先妻は物静かな、線の細い女だった。恋愛のさなかにあるときは、そのはかなさと弱さが魅力的だった。守ってやりたいと思えた。

しかし結婚し、子供ができてみると、そのはかなさは彼の目に「辛気くさい」と映るようになった。物静かさも線の細さも、陰気で鬱陶《うっとう》しいだけに変わった。ちょうど仕事が面白くなってきた頃だった。彼は育児を先妻に押しつけ、家庭に目を向けるのをやめた。

先妻はやがて鬱《うつ》気味になった。政義の足は、ますます家庭から遠のいた。

あとはお定まりのコースだ。彼はほかの女に心を移した。政義にとって幸運なことに、そして先妻にとっては不運なことに、相手は上司の親戚《しんせき》筋にあたる女であった。

政義は先妻に「離婚する」と言いわたした。

「離婚してくれ」ではない。「離婚する」と、決定事項として告げた。

先妻は拒否した。しかし彼が上司の口利きで雇った弁護士は、優秀だった。「あなたの鬱は充分な離婚理由になる」と説き、「不倫？　なにを証拠に？」とせせら笑って突っぱねた。

「有責者はあなたのほうだ」と言いつのられた先妻は、やがて折れた。もとより彼女は心の病で、長く争えなかった。政義が予想したままの展開であった。

「……なのに離婚の際、あんたは公正証書を作って母さんに突きつけた」

藁科の顔をした勇雅が、いまだ微笑みながら言う。

政義は床に這《は》いつくばったまま、呆然《ぼうぜん》とその笑顔を見上げた。動けなかった。全身がすくんでしまっていた。

藁科が――いや、勇雅がつづける。

「公正証書の内容はこうだ。『息子の親権は自分だが、養育権は先妻に譲る。ただし満十八歳になるまで、必ず月一回、息子と父を面会させること。毎年本人の誕生日とクリスマスイヴには、父親の家で一泊させること』。そして『上記が破られた場合には、養育費の支払いは即時差し止める』と」

政義の肩から、一気に力が抜けた。

そのとおりだった。

残酷な要求だ。誕生日とクリスマスイヴ。子供がもっとも喜ぶだろうパーティの夜に、母親から子を引き剝《は》がす。

もし裁判になっていたら、政義に勝ち目はなかっただろう。先妻に争う気力がないとわかっていて、突きつけた条件であった。

——なぜあんなにもあの頃、おれは彼女を傷つけたかったのだろう？

政義はいぶかった。

いまとなれば思いだせない。ただあの当時は、彼女のすべてが業腹だった。

裏切られたように思っていたのだろうか。結婚生活が、思い描いた夢どおりではなかったこと。息子を可愛く思えなかったこと。愛が簡単に潰《つい》えたこと。

自分のせいだとは思いたくなかった。だから彼女に、なにもかも押しつけたのだろうか。

先妻は離婚後、勇雅とともに隣県の実家へ戻った。政義はむろんこの地にとどまり、不倫相手と再婚し、娘をなして、順調に出世した。

「——だがおれだけは、隣県とこの家を何度も往復した」

勇雅が言う。

「数時間の面会ならまだしも、おれの誕生日とクリスマスイヴにはまるまる一泊だ。

……来たくなんか、なかったよ。とくにクリスマスは屈辱だった。なあ、あの頃のおれがどんな気持ちだったか、あんたにわかるか？」

そう問うてから、ふふ、と笑う。

「いや、わかるよな。わかるに決まってる。全部わかった上で、あんたはやっていたんだ。ただ先妻にいやがらせしたい一心で、あんたは愛してもいないおれに会いつづけた。ろくすっぽ関心もないおれをいびることで、間接的に母さんを痛めつけようとした」

「そうよ。……その、とおり」

両手で包丁を突きだした姿勢で、紗月がうなずく。

機械音声のような平らな声だ。顔にはやはり表情がない。ひらいた唇からは、よだれが糸を長く引いて落ちている。

「パパは……毎年イヴの夜に、勇雅くんを呼んで、泊まらせた。そのくせ『お願いします』と頭を下げないと、食事もプレゼントもあげなかった。……頭を下げる勇雅くんを見て、パパは、笑った。ママも笑った。あたしも……意味がわからないけど、笑った。パパとママが笑ってたから、そういうものなんだと思って、笑った……」

「しかもプレゼントには毎回、たいそうな差が付けられてたっけな」

勇雅が紗月の背後にまわった。

「ある年は、紗月に最新のゲーム機。おれにはノート三冊だけ。またある年は紗月にブランドものの財布で、おれにはブーツに詰まった五百円の菓子……。しかもおれと紗月は、一歳しか違わなかった。おれのほうがひとつ上だった。あんたははっきりと、紗月と比べてがっかりするおれを見て、愉《たの》しんでいた」

――ああ、そうだ。

政義は床に尻を付けたまま思った。

そうだ、おまえが正しい。おまえの言うとおりだ。

わたしは愉しんでいた。小気味よかった。なぜならおまえの向こうに、あの女を見ていたからだ。

おまえのことなどどうでもよかった。おまえを通して、ただあの女を傷つけたかった。落胆させてやりたかった。

しかしその愉しみは、勇雅が中二になった年で終わった。

その後の面会を、勇雅が拒否したせいだ。

政義は公正証書を盾に、養育費の支払いを止めた。先妻が心をいまだ病んでおり、働けないことは知っていた。知っていたからこそ、止めた。

彼女に裁判を起こせる金銭的余裕がないことも、十二分に承知しての行動であった。

そして予想どおり、先妻はただ泣き寝入りした。

勇雅の名を次に見たのは六年後のことだ。全国ニュースで、であった。

大学生になった勇雅はホストクラブでバイトをしていたらしく、客の女に刺されて死亡していた。

「――パパには、わかった。なんで勇雅くんが、水商売に飛びこんでまで、がつがつバイトしてたか。どうしてお金がなかったか。そうまでして、なぜ彼が学費を稼ごうとしていたか……」

首をぐらぐらさせながら、紗月が言う。

「だって勇雅くんのお母さんの病状は、さらに悪化してたから。……彼は奨学金をもらいながら、自分の生活費と、お母さんの生活費も稼がなきゃならなかった。生活保護を受けようにも、窓口で『息子さんにアルバイトの収入がありますよね？』と言われて、けんもほろろに追いかえされた。食い下がれば、なんとかなったのかもしれない。けれど、お母さんにその体力はなかったし、パパとの体験で、勇雅くんは『これ以上、人にすがって生きたくない』と思うようになっていた……」

紗月はゆっくりと膝《ひざ》を折った。

政義の前へと、しゃがみこむ。

「――〝昭和五十年当時、国立大学の年間授業料は三万六千円だった。現在は、標準額約五十四万円に高騰している〟」

半びらきの唇から、棒読みの声が流れ落ちた。

「〝なお参考までに、昭和五十年当時、高卒男性の初任給は五万九二〇〇円。平成三〇年の同初任給は約十六万六〇〇〇円。物価の上昇率を差し引いても、国立大学の年間授業料は法外な上がりようと言える。むろん他に入学金や教材費などの、多様な出費も必要不可欠である〟――……」

「ああ、もちろんあんたは承知してるよな」

勇雅が言った。

「教育関係のお偉いさんなんだから、そのくらい知ってるさ。『大学無償化の動きは進んでいる』、なんてあんたらは言うが、おれたちの代には間に合わなかった。間に合わないとわかっていて、おれが困窮しているとわかっていて、あんたはおれを無視し、放置した。そしておれが殺されたニュースを、このあたたかい部屋で、ソファに寝転がりながら眺めたんだ」

「どんな気持ちがした？」

紗月が――いや、彼女の口を借りた勇雅が問う。

「教えてくれよ。あんたは、どんな気持ちがした？」

包丁の刃が近づいてくる。

「おれのニュースを観て、あんたはどう思った？　ざまあみろと思ったか。それとも無関心だったか。テレビを消した途端に忘れて、その夜もたっぷり食い、やわらかいベッドでぐっすり眠ったか。なあ、正直に教えてくれ……」

刃が、政義の喉《のど》に当たる。

ぷつっとかすかな音がして、鋭利な先端が皮膚をわずかに破る。

政義は短い悲鳴を上げた。膀胱《ぼうこう》がゆるむのがわかった。股間《こかん》がなまぬるく濡《ぬ》れる。後ろにのけぞり、彼は腕を大きく泳がせた。

利き手がテーブルから、グラスやアイスペールを叩《たた》き落とす。派手な音が響いた。こぼれた氷で体の片側が濡れた。だが冷たいとは感じなかった。麻痺《まひ》していた。

殺される、と思った。

殺される。息子に、娘に殺される。

おれはここで死ぬのか。こんなところで無様に殺されてしまうのか。いやだ、死にたくない。死にたくない死にたくない死にたくない死にたくない死にたくない死にたくない——。

その瞬間、つんざくような音が鳴り響いた。

紗月と藁科が、同時に首をもたげた。まったく同じ動きでモニタを見上げる。

ドアチャイムの音だった。連打されている。インターフォンのモニタに影が映っている。誰かはわからない。だが妻でないことだけは確かだった。

紗月と藁科の注意は、完全に扉へ向いていた。

いまだ、と政義は思った。震える手で、眼前の包丁を叩き落とす。紗月の肩を思いきり突く。よろめきながら、彼は立ちあがった。

玄関へと走る。世界がひどいスローモーションに映った。足が、うまく前へ出てくれない。つんのめるように廊下を駆けた。三和土《たたき》に降り、ドアにしがみついて開錠する。

扉がひらいた。凍えるような冷気が吹きこむ。

眼前に、男女が立っていた。

政義は目をしばたたいた。知らない顔だ――いや、違う。女の方に見覚えがある。どこで見たんだっけ？　ああそうだ、こいつは確か、行政書士事務所の。

「失礼します」

女はそっけなく言うと、政義を押しのけて中に入った。ためらいなく、後ろ手に扉を閉める。

男のほうがマフラーに顔を埋《うず》め、ブーツを脱いだ。

「うー、寒かったあ。あと五分なにも聞こえなかったら、タクシー呼んで帰るとこだったよ」

とぼやきながら、当たりまえのように上がり框《がまち》に足をのせる。ずかずかと廊下を歩きだす。

政義はなすすべなく、呆然《ぼうぜん》と彼の背を見送った。

リヴィングへつづく扉は、半びらきになっていた。その扉をくぐり、男が室内へとすべりこむ。

「やあ、円谷勇雅くん」

男は――黒沼麟太郎は、笑顔で片手を挙げた。

「……この場合は〝はじめまして〟になるのかな？　それとも二度目の邂逅《かいこう》に当たるの

かな。よくわからないや」

紗月はまだ包丁を拾っていなかった。床に腰を落とし、首をのけぞらせた姿勢で座りこんでいる。口からはよだれの糸が落ち、眼球はなかば白目を剝《む》いていた。

黒沼は藁科の真正面に立って、

「――勇雅くん。きみの目的は、それ？」

と尋ねた。

「弁護側に協力するふりをして裏切り、塙みゆりを絶望させることじゃあない。はたまた晴れて自由の身となった彼女を、直接殺すことでもない。あくまできみの視野にあるのは、父親への復讐《ふくしゅう》だけ？　しかも実の娘の手にかかった、という一大スキャンダルをくっつけて？」

「はなわ、みゆり」

勇雅が繰りかえした。気のない声だった。

そんな女、いまようやく思いだした――、とでも言いたげな。

「ああ、塙みゆりさん、か。……べつに、彼女はいい。どうでもいい」

「……うん、どうでもいい」

座りこんだまま、ぼんやりと紗月が復唱する。

「つれないね」

黒沼が苦笑して、

「勝手ながらぼくらのほうでも、ぼくらなりに調べさせてもらったよ。四年前、勇雅くんを『たちのよくないホスト』で『あくどい貢がせかたをしていた』と叩いたのは、『週刊ピークス』をはじめとするゴシップ誌がメインだった。現在はそのほとんどが、休刊か廃刊になっている。逆に事件を正確かつ詳細に追い、きみの生い立ちにまで触れた記事は、大半が勇雅くんに同情的だった。……それからぼくは、藁科貴大くんの元同級生にも会って話を聞いたよ」

と言った。

藁科の肩が、ぴくりと動く。

「きみと藁科くんが似ているのは、見た目だけじゃなかったようだね。きみたちが精神《シン》同調《クロ》した理由が、それでおおよそわかった。藁科くんも同じくひとり親家庭で、実父に養育費の支払いを踏み倒されていた。彼がどぎつい配信をしたり、悪徳弁護士と組んだのも全部、お金のためだ。勇雅くんと同じく奨学金制度を使ってはいても、将来の返済を思えば、貯《たくわ》えはいくらあったっていいものね」

「……だから、なんだ」

藁科の声が揺れた。

二重に聞こえる、と黒沼は気づいた。

ついさっきまで、藁科と円谷勇雅の声音はひとつだった。完全に癒合し、癒着していた。だがこのわずかな間に変化している。いまは揺れて、ダブって聞こえる。

毒気を抜かれているんだ。黒沼は悟った。

ぼくたちの登場に意表を衝《つ》かれ、彼らは戸惑っている。

憑《つ》かれてから間がないせいだろう、藁科の自我は消えていない。そして円谷勇雅も、恨みだけに凝り固まった悪霊とはいまだ化していない。これなら、そう——きっと話が通じる。

「誤解しないでほしい。復讐するな、と言うつもりはないんだ」

黒沼は言った。

「ぼくは復讐や報復を、けして否定しない。世間には『復讐はなにも生まない』という意見もあるけど、しょせんそこはケースバイケースだからね。忘れて前に進める人ばかりじゃないし、水に流すべきではない事柄というのも、世の中には山ほどある。——ただぼくは、ここで藁科くんの未来が狭められてしまうのには反対なんだ」

黒沼は一歩、藁科に近づいた。

「父親殺しの実行犯は紗月さんだとしても、彼がこの場に居合わせ、殺人を目のあたりにするという事実は変わらない。きみが満足してこの世を離れたあとも、彼の人生はつづくんだからね。……だからここでひとつ、提案させてほしい。勇雅くん、きみのお父さんみたいなタイプに一番効くのは、名誉と地位の喪失だ。いままで築いてきたものを徐々に、かつ着実に失っていくことだよ」

至近距離で、黒沼は藁科の瞳《ひとみ》を見つめた。

完全に同一化することなく、藁科と勇雅のはざまでたったひとつ揺れつづけていたのが、そのまなざしだ。あえかな揺らぎが見る者を落ちつかなくさせ、同時に彼をいっそう蠱《こ》惑《わく》的に見せていた。

だがいまは揺れるというより、落ちつきなく左右に動いている。動揺している。

黒沼はつづけた。

「殺したところで、痛いのもつらいのもほんの短い間でしかない。きみが受けた、十年近い屈辱にはほど遠い。勇雅くん、きみは塙みゆりに刺されて、二時間も苦しんで死んだよね。なのにその恨みより、生きて味わった地獄のほうにいまも拘泥している。その事実が、なによりの証拠だよ」

藁科が、一歩退《さ》がった。

届いている、と黒沼は確信した。

こちらの言葉は、彼の中の円谷勇雅に届いている。あと一押し、いや二押しといったところか。

「きみがお父さんを恨む気持ちは真実だろう。だからこそ、一瞬の死なんておすすめしないね。さっきも言ったように、ぼくは復讐否定派じゃないんだ。ぼくはきみに〝父親を社会的に抹殺する〟方法こそを提案したい。なぜってそのほうが、長期間ダメージを与えられる。ぼくだけじゃなく、向こうの女性もできる限り協力するよ」

黒沼は背後を手で示した。

なかば開いたドアの向こうでは、いまだ円谷政義が三和土にへたりこんでいる。その横には藍が立ち、玄関扉を背で押さえていた。

黒沼は微笑んで、

「彼女は行政書士事務所の職員だし、ぼくの祖父は県議会に顔が利く。教育委員会の重要ポストには、県知事と県議会が大きく関与しているからね。そして彼らは、世論の動きに敏感だ。きみのお父さんは、あちこちで悪名高いクレーマーらしいじゃない。いままでの素行と、きみたち母子にした所業とを合わせれば、教委会のスキャンダルにできる。『教育者にふさわしくない云々《うんぬん》』と一騒ぎ起こしてみせるよ。この際、遠慮なく合法的に汚い手を使ってみようじゃない。ね？」

と両手を広げた。

藍が政義にかがみこみ、

「……通報しますか？」と問う。

「一応言っておきますが、わたくしに守秘義務があるのは、あくまで事務所にご依頼された件についてのみです。今夜のことで警察に聴取されたなら、目にしたありのままを答えますよ。その旨を了解いただいた上で、もう一度お訊《き》きします。……一一〇番通報しますか？」

政義が、呆《ほう》けた顔で首を横に振った。一夜にして、十も老けたように見えた。

黒沼は藁科に向きなおった。

「勇雅くん。ぼくは『週刊ピークス』の瀧田記者にもコンタクトを取るつもりだ。今回のやらせをバラされたくなかったら――との前置き付きで、塙みゆり宛てにきみの言葉を伝えてもらうよ。『べつに、彼女はどうでもいい』とね。おそらく彼女は、この上なく傷つくだろう。もしかしたら二度と立ちなおれないほど」

「……いや」

　藁科がさえぎった。

　しわがれた声だ。勇雅の言葉だった。

「いや――いいんだ。あの人のことは……ほんとうに、もういい。……こっちは、仕事だった。でも向こうは……遊び慣れてなかった。会ったのがお互い、不運だった……それだけだ」

　声に力がない。言葉運びがつたない。

　勇雅の力が弱まりつつあるんだ、と黒沼は察した。藁科から、離れかけている。消えようとしている。

「……記者たちの計画は、だから……止めなかった。あの人が、無罪になるのは、それはそれで、いい。かまわない、と……」

「藁科くんの動画の再生回数を伸ばして、彼の学費を稼ぐ必要もあったしね。きみのお父さんの醜聞拡散にも役立つ。話題づくりそのものは、大歓迎だった」

　黒沼はいったん同意してから、

「でも、罪は償われるべきだ」

と言った。

「彼女はきみを殺した。その上、策を弄《ろう》して罪を逃れようとした。そこに同情の余地はない。彼女はこの世の法律で、正しく裁かれねばならない」

「……——」

藁科の唇が動いた。

肩が、手足がわなないている。震えがすこしずつ大きくなる。やがて瘧《おこり》のごとく、全身が大きく痙攣《けいれん》しはじめた。膝《ひざ》が、がくりと折れる。

「……き、の——」

「え？」

「きの、な——とこ、へ……、——」

震えが頂点に達する刹那《せつな》、彼の双眸《そうぼう》がかっとひらいた。

一瞬、明瞭《めいりょう》な言葉がこぼれる。

「きのないところへ、いけ」

どういう意味だ、と問う暇もなかった。

藁科の体がくたりと力を失い、床へくずおれる。紗月も同時に倒れた。操り糸が切れたような倒れかたであった。

あとには、しばし静寂があった。冬の風が窓を激しく叩《たた》いた。

やがて政義がひゅうっと息を吸いこんで、

「……な、なにが……？　いったいいま、なにがあったんだ……？」

とあえいだ。

11

そしてときは、同日の数時間前に戻る。

冬の灯ともし頃。世界は曇天の灰白色から、急速に夜の漆黒へと染まりつつあった。まだ六時にもならないというのに、すでに暗い。

雪国の冬はただでさえ日が短いが、天候のよくない日はなおさらだ。天気予報では、雷注意報と波浪注意報が発令されていた。降水確率が低いことだけが、かろうじてのさいわいだった。

時刻は午後五時五十二分。

八神森司は、バスセンターの待ち合わせ場所に立っていた。

約束の時間まで、あと八分である。

今日のこの日のため、どんな服を着ていこうかと、そりゃあもういろいろ考えた。イヴデートといえば勝負どきだ。かの悪名高きバブル期には、貸衣装のタキシードで登場する男までいたという。

森司は悩んだ。そして悩みに悩んだ末、結局いつもとさして変わらぬ無難な恰好《かっこう》に落ちついた。

無地のニットにチノパン。ピーコート。フレンチの店に入ることを考慮し、靴だけは気張ろうかとも思ったが、天候を鑑みればやはりブーツを履かざるを得なかった。

——そろそろ時間だ。うん、そろそろだ。

肩を揺すり、足踏みをし、何十回目かに壁の時計を見上げたとき、

「八神先輩」

銀鈴を振るがごとき、涼しい声が耳を打った。

振りかえると、そこには意中の乙女が——灘こよみが立っていた。

寒さのせいか、ノーカラーコートを上のボタンまできっちり留めている。髪はやはりちいさなお団子に結われていた。マフラーが、クリスマスらしい深みある赤色だ。

「すみません。待ちましたか？」

「ぜんっぜん」

森司は即答した。

これは半分ほんとうで、半分嘘だ。着いたのは約束の三時間前だが、この待ち合わせ場所が見えるファストフード店に入り、いまのいままで居座っていた。むろんＷｉ－Ｆｉのある店である。ネットにかじりついてデートコースのおさらいをし、「うん、道順ＯＫ」「よし、このレストランで正解」と己に言い聞かせつづけていたのだ。

「じゃあ、えっと、行こうか」

「はい」

うなずきあって、二人は歩きだした。

まずは二階の広場で、クリスマスツリーのイルミネーションオブジェをすこし眺めた。綺《き》麗《れい》だ。だが夜が更けて、真っ暗になればもっと美しく映えるだろう。つづいて、映画館へと移動する。

「やっぱ、カップル多いな……」

館内を見まわして、森司は低くつぶやいた。こよみが横で相槌《あいづち》を打つ。

「イヴですもんね」

「うん。それに恋愛映画だしな」

言ってから、「恋愛」という単語に自分でぎくりとする。

恋愛か。あらためて考えると、なんと破壊力の高い言葉であろう。恋に愛をくっつけて、ひとつの単語にするとは大胆な所業だ。こちらはもう恋の一文字だけで心臓が痛いのだからして、言語といえどももっと遠慮を知るべきでは——。などとどうでもいいことを彼が考えていると、

「イヴですもんね」

いま一度、こよみが言った。

「うん、そうだな」

彼女のほうを見ず、森司は首肯した。なぜか短い沈黙が落ちる。

「……カップル、多いな」

「ですね。……でも、まわりから見たら……」

そこで数秒間を置いて、こよみがつづけた。

「……まわりから見たら、わたしたちも、カ、カップルに見えてるかも、しれませんし……」

「そ、そうだな」

森司は慌てて同意した。首すじから汗がどっと噴きだす。

暑い。なんだか暑くなってきたようだ。この映画館は、暖房が効きすぎではないだろうか。その証拠に、顔をそむけたこよみちゃんの首すじが赤い。耳まで赤い。これはきっと空調のせいだ。間違いない。そうに決まっている。

「あ、えーっとほら、なにか買う？」

森司は売店を指さした。

「ああそうだ、ポップコーン買おう。甘いのとしょっぱいの、どっちがいい？　あとなにか飲みもの。奢《おご》るよ」

「いえ。映画代は先輩の奢りなんですから、そこはわたしが」

「いやいいんだ。予算がある。今日のこの日のため、備えておいたんだ」

数分、押し問答した。しかし結局はこよみに押しきられた。Ｓサイズの烏龍茶《ウーロンちゃ》ふたつと、塩ポップコーンひとつを買って入場する。

予約の甲斐《かい》あって、入場はスムーズだった。

席も〝やや後方、中央寄り〟と、なかなかいい場所であった。前方にカップルシートもあるようだが、そこを予約する勇気はさすがになかった。

ポップコーンを間に、二人は席に着いた。上映時間は九十八分。『目を奪われる映像美と、ハイセンスな音楽。ロマンティックな大人の純愛映画』だそうであった。

森司はふだん、あまり恋愛映画を観ない。好んで観るのは派手なアクション映画か、SF映画ばかりだ。

だがデートのときはロマンス映画を観るものでは、という思いこみがあった。要するにデートの経験がろくになかった。

以前は「せっかく二人きりなのに、彼女以外を一時間以上眺めるなんてもったいない」と思っていた。

しかし最近、考えをあらためた。恋愛経験の乏しい自分が、外部の力を借りずにムードを高めるのは無理だ、と悟ったせいだ。

ロマンティックな映画を観てロマンティックな気分になり、その後はイルミネーションなど見てムードを高めに高めたのち、美味《おい》しい料理と夜景でロマンティックにワインをたしなむ。

ここまでやれば、聡明《そうめい》なこよみちゃんとて雰囲気に流されてくれるのではないか。そんな期待があった。平々凡々なこのおれの顔だって、常より二割増し、いや三・五割増しに錯覚できるのではないか。事実はどうあれ、その望みに賭《か》けたかった。

シアターの客席が、徐々に埋まりつつある。

どこからかキャラメルソースの甘い香りが漂ってきた。

空《す》いてはいないが満員でもない、ちょうどいい混み具合だ。森司は携帯電話の電源を切り、こよみにささやいた。

「映画がはじまる前の、このざわついた感じ、いいよな」

「わくわくしますよね」

こよみが言い終えぬうち、照明がふっと一段落ちた。

いつもの『上映中の撮影や録音を禁ずる』との映像が流れはじめる。

まだ場内はわずかにざわついていた。あちこちで携帯電話やスマートフォンの電源を落としているらしく、ライトが薄闇に一瞬浮かび、ふっとかき消える。

注意喚起の映像が終わった。

照明がさらに落ちて真っ暗になる。一瞬にして、静まりかえる。

予告編が、大音量ではじまった。

1

これもまた、今年の十二月二十四日の話である。

その日、午前の講義を終えた鈴木瑠依は、部室へ寄らずに大学の正門を抜けた。

ちょうど停留所に停まっていたバスに乗る。市役所行きのバスであった。

年をまたぐ前に、住民票を二通取っておきたかったのだ。一通はアパートの契約更新用で、もう一通は自動車学校への提出用だ。

まだ誰にも打ちあけていないが、在学中に運転免許証を取得しておこうと彼は目論《もくろ》んでいた。

じつは泉水や藍が運転する姿を見て、内心「恰好《かっこう》いいな」と憧《あこが》れていたのである。それに引きこもり期間が長かったせいで、履歴書に書ける資格をなにひとつ持っていない。普通自動車運転免許証くらい……と考えるのは、当然のことわりであった。

市民課は思ったより混み合っていた。結果、たかだか二通の住民票を取るまでに、五十分も要してしまった。

市役所をようやく出て、時計を見る。午後二時二十分。

さすがに空腹を覚えないではない――が、面倒くさかったので、食堂ではなくドラッグストアに入った。なるべく安くてカロリーの高そうなジュースを選んで買う。店を出てすぐ、一気飲みする。

　もともと食にあまり興味がないのだ。オカ研に入って会食の機会が増えたものの、一人のときはやはりゼリー飲料やジュースに頼ってしまう。ちなみにコンビニではなくドラッグストアに入ったのは、ひとえに「安いから」であった。

　店のゴミ箱に缶を捨て、さて帰るか、とバス停に向かって歩きだす。

　そこで、ふと鈴木は足を止めた。

　交差点の向こうに、見慣れた先輩の顔を見つけたせいだ。

　オーバーアーケードに立ち並ぶ一店から、その先輩は扉をくぐって出てきた。やけに高級そうな、そして学生の身分には不釣り合いな宝飾店だった。

「八神さん」

　信号が青になった途端、つい駆け寄ってしまう。

「す、鈴木」

　ショップ袋を胸に抱えたへっぴり腰の体勢で、オカ研の先輩こと八神森司は首を上げた。眉《まゆ》が八の字に下がって、見るからに情けない顔つきだ。

「どないしました。腹でも痛《いた》なりましたか」

「いや違う。食べすぎでも盲腸でもない。こ、これを受けとりに来たんだ」

姿勢を変えぬまま、森司は目線だけで胸のショップ袋を指した。

店名入りで、かつ防水加工されたショップ袋だ。いかにも上等そうで洒落《しゃれ》ている。持ち手の紐《ひも》には、クリスマス限定らしきトナカイのチャームまで下がっていた。

「灘さんに今夜、プレゼントするんですね」

「そうなんだ。よくわかったな」

「そら誰でもわかりますわ」

鈴木は一応突っこんでから、

「八神さん、すごい顔してはりますよ」と彼を覗《のぞ》きこんだ。

「脂汗出てます」

「緊張しているんだ」森司が呻《うめ》いた。「今日やっとプレゼントが仕上がってきたんだ。ととと、特注なんだ」

「落とさんといてくださいね」

「お、落としたら死ぬ」

森司は目を剝《む》いた。

「もしそんなことになったなら、おれはその場で舌を噛《か》んで自害し、さらに切腹を」

「待って待って待って。落ちついてください」

鈴木は両手で先輩を制した。

「今夜が終わるまで死んだらあきません。生きましょう。生きてください」

「そ、そうだな。おれは生きる」

荒らげた呼吸をおさめつつ、森司が言った。

「よし。せめて今夜のデートが終わるまでは、死なずに生きてみせる」

「いやそのあとも生きましょう。クリスマスが終わっても日常はつづいていきますから、ね？　ここがゴールやないんやから」

緊張のあまり知性を失いつつある先輩をなだめすかし、鈴木は彼をバスセンター行きのバスへと乗せた。

扉が閉まる。無事に走りだした車両の尻《しり》を、次の信号まで見送る。

ほっと息をつき、ふたたび鈴木は歩きだした。

自分は自分で別方向のバスに乗らねばならない。いったん帰宅して着替え、バイト先の工場へ向かうためであった。

2

鈴木がバイトするパン工場は、二十四時間稼働の三交代制である。

基本的に主婦や学生のパートタイマーが多い。年齢層は十代後半から六十代と幅広いが、メインの三、四十代はたいてい小中学生の子供を抱えているゆえ、クリスマスの夜勤を避けたがる。

　というわけで工場側は人手を集めるべく、毎年二十四日と二十五日の出勤に特別手当を出していた。むろん鈴木は出勤にマルを付けた。どうせ彼女さえいない身だ。寂しさと暇がまぎれる上、手当ありなら一石二鳥である。

　無菌の工場内で、コンベアが規則正しく流れていく。黙々と作業がつづく。やがて九時のチャイムが高く鳴った。〝シフト2グループ〟の終業チャイムであった。

「お疲れさまです」

「お疲れー」

口ぐちに言いあい、〝シフト3グループ〟と交替する。廊下に出てから不織布のキャップとマスクをはずし、ひと息付く。

　と同時に、

「――鈴木か?」

ななめ後方から声がかかった。

　鈴木は振りかえった。

　同時に声の主が、のっそりと自動販売機の前から立ちあがる。飲料会社の社名入りの作業着姿だ。まっすぐ立つと、見上げるほどの長身巨軀《きょく》である。森司と同じく先輩の、黒沼泉水だった。

「あれ、なんで? うちの工場って泉水さんの担当でした?」

「いや、先週からだ」

座り作業で固まった膝《ひざ》を伸ばしつつ、泉水が答えた。

鈴木と同様、泉水も学費と生活費を自力で工面する苦学生だ。ただし鈴木と違って彼は荷揚げ、運送屋、自動販売機の飲料補充など、肉体労働のバイトばかりを掛け持ちしている。

「今日はここでラストだ。トラックは相棒が戻してくれるんで、直帰しろと言われてる。おまえもこれで上がりなら、一杯やって帰るか？」

「いいですね。おともします」

鈴木は即答した。

特別手当はありがたいが、クリスマスイヴに一人きりはちょっと寂しいか、と思っていたところだ。引きこもりだった頃は孤独が平気だった。しかし社会復帰すれば、ものの感じかたもおのずと変わってくる。

――それにオカ研の先輩はみんな、酒癖いいしな。

森司にしろ泉水にしろ、酔って説教する人種にはほど遠い。二人ともスポーツマンだが、悪しき意味での体育会系ではないのだ。「後輩だろ、酌をしろ」だの「一気飲みしろ」だの「芸をやれ」だのと言われる心配は皆無であった。

「ちょい待っててください。着替えてきます」

「ああ。おれもトラックで着替える。十分後に出口で落ち合うか」

言いながら、泉水が携帯電話を内ポケットから取りだした。

数秒操作してから、液晶を鈴木の眼前に突きだす。

「見ろ、うちの殿様の現状だ」

鈴木は目をすがめた。

泉水宛てのメールに添付された画像らしい。黒沼部長が女子院生たちとケーキに囲まれ、笑顔でワイングラスを掲げている。

「楽しそうでなによりです。でもうらやましい構図のはずなのに、ハーレム状態に見えへんのはなんででしょう」

「溶け込みきってるからな。……なんだ？　電話の着信もあったようだ」

ひとりごちながら、泉水が部長の番号へかけなおす。しかし応答しなかったようで、

「やっぱり楽しくやってるようだ」

と、携帯電話をポケットへしまった。

約三十分後、鈴木は泉水とともに古町のショットバー『Laguna』にいた。

店名はスペイン語で〝潟湖《せきこ》〟を意味するらしい。その名のとおり、湖の中にいるかのような気分になれる店であった。

壁一面がアイスブルーにライトアップされている。カウンターの向こうにずらりと並ぶ酒壜《さかびん》を薄青いライトが透かして、なんとも幻想的だ。

「おれ、クリスマスにこないなとこ来るの、はじめてですわ」

メニューを眺めながら鈴木は言った。

「さすがに安うありませんな」

「心配するな。ここは奢《おご》る」

「いやいや、いいですって」

窓に近いカウンター席の端でそんな問答を交わしていると、カウンターの上をすっと光が走った。

カクテルグラスがライトを弾《はじ》いたのだ、としばし遅れて気づく。

目を凝らすと、ソルティドッグらしきグラスが目の前にふたつ並んでいた。まだオーダーしていないのに、と鈴木は怪《け》訝《げん》に思い、顔を上げた。

「こちら、当店からのサービスです」

バーテンダーの笑顔がそこにあった。

三十代なかばだろうか。清潔感あるなかなかの男前だ。彼は声をひそめて、

「お客さんたち、カップルとしては文句なしに今夜のナンバーワンですよ。これほどの美男美女が窓際に座ってくれたら、いい客引きになる。せめてものお礼です」

と早口でささやいた。鈴木たちが反応できずにいるうち背を向けて、ほかの客のもとへと足早に去っていく。

「……泉水さん、否定してくださいよ」

恨めしく、鈴木は小声で抗議した。

「すまん」泉水が素直に謝る。

「咄嗟《とっさ》に脳が、否定よりタダ酒を優先させてしまった」

「気持ちはわかりますが……」

お互い苦学生ゆえ、金の苦労は身に染みている。考えた末、やはりここは潔白の証明より実利を取っておくべきかと、グラスを取って乾杯した。

「だがまあ確かに、よく考えたら男二人で入るような店じゃねえな」

泉水がグラスの縁の塩を指でつまんで、

「ちょっとムーディすぎた」と低く言う。

「ですな。この店、よう来るんですか？」

「はじめてだ」

「え、ほしたらなんで……」

問いかけて、鈴木はつづく言葉を呑《の》んだ。

カウンターに面した窓の景色にようやく気づいたからだ。この位置からは、ケーキビュッフェ『グレイズレー』の出入り口がよく見えた。

「おつとめ、ご苦労さまでございます」

あらためて鈴木は深ぶかと頭を下げた。泉水がグラスを持ちあげる。

「乾杯」

「乾杯です」

二度目の涼しい音が響いた。

3

二杯目はカクテルでなく、鈴木は赤ワインに、泉水はウイスキーロックに切り替えた。ふだんは二人とも安酒しか飲まないため、バーテンダーに勧められたままのオーダーだ。

「……なにかいるな」

窓の外を見て、泉水が言う。

鈴木もうなずいた。

「ああほんまや。いますね」

アーケードの柱の陰に、ぽつんと子供が立っている。

あきらかにこの世のものではなかった。その証拠に、この寒空に半袖《はんそで》Tシャツと素足である。通りのほうを向いており、彼らの位置から顔は見えない。

「へえ。お客さんたちも、〝視える〟んですか？」

カウンターの向こうから声がした。

例のバーテンダーだ。

「こちらは全員にサービスです。ウイスキーや赤ワインのおつまみに最適ですよ」

と薄く切ったシュトーレンを差しだして、

「ぼくには視えないんですが、子供の幽霊だか妖怪《ようかい》だかがいるそうですね。一昨年《おととし》も去年も、クリスマスイヴに出現したんですよ。角の雑貨屋さんの店主が、霊感ありの人でしてね。クリスマスに未練があるのかと、ケーキやらジュースやらをお供えしたんです。でも成仏できなかったようで、それ以後も決まってイヴに姿をあらわします」

「はあ」

鈴木は生返事をした。

この手の話題はあまり引っぱりたくない。泉水も同じ思いだったか、

「そういや、気になってたんですが」

と話題を変えてくれた。

「さっき〝カップルとしてはナンバーワン〟と言いましたね。ってことは、一人客のナンバーワンもいるわけだ」

「おっ、鋭いご指摘です」

バーテンダーが頬をゆるめた。そしてカウンターの中央あたりに座る女性客を、つと目線で指す。

二十代後半とおぼしき女性だった。

スコーピオンか、もしくはマタドールだろうか、薄黄のカクテルを前にしている。ライトに浮かびあがる横顔が、映画女優のように端整だ。

「あちらもまた、毎年クリスマスイヴにお見えになるお客さまなんですよ。見てのとお

り、美人でしょう？　おまけにセンスもいいんですよ。いや、ファッションじゃなく会話のね。しかも上品で礼儀正しくて、受け答えもしっかりしてて……」

　手ばなしの誉《ほ》めようだ。でれでれと目じりが下がっている。

　鈴木は尋ねた。

「イヴにしか来《け》ぇへんのですか。平日は、顔を見せない？」

「そう。残念ながら、いつもイヴだけですねえ。なんでも『このお店のライトは目にやさしい』んだそうです。だったら、もっと通ってくださると嬉《うれ》しいんですが――」

　バーテンダーの声がそこで途切れた。訊《き》かずとも、理由はすぐにわかった。くだんの女性に、同じく一人客らしい男性が声をかけている。女性が二言三言答える。歓迎している様子はないが、追いはらうそぶりもなかった。適当にあしらっている、といったふうだ。

　しかしバーテンダーは、あからさまに顔いろを変えている。

　鈴木は泉水と目を見交わした。これは早めに注文を済ませ、さっさと彼を解放してやったほうがよさそうだ。

「ええと、フードのメニューってもらえますか？」

「あ、はい。こちらをどうぞ」

　バーテンダーが慌ててメニュー表を差しだす。

「今日のおすすめは、特別メニューのターキー・サンドイッチです。チキンとは違った野性味がありますよ。ただ食感を多少おぎなうため、マヨネーズとマスタードを多めに使っています」

フードメニューは同商店街の店から出前できる料理と、彼自身の手製が半々だそうだ。ちなみにサンドイッチは手製で、シュトーレンは二軒隣のケーキ屋『フォリア』から仕入れたものらしい。

「そういや藍さんがケーキ買うって言うてた店も、『フォリア』でしたよね？」

「そんな気がするな」

二人はターキー・サンドイッチと、砂肝と海老《えび》のアヒージョを注文した。泉水が空腹らしいので、サンドイッチは三人前を頼むことにした。

「ってことはいま頃、藍さんも近くで飲んどるんでしょうね」

「地方都市の悲しさだな。繁華街の数が限られてるもんで、世界が狭い。だが八神たちは万代《ばんだい》方面らしいから、デートの邪魔にはならんだろう」

「あー、八神さんたち、どないしとるでしょうね。もう映画は終わったかな。いま頃は店に移動して、フレンチのディナー……」

鈴木はそこで言葉を呑んだ。

「どうした？」

泉水が声を低める。

「いや、この照明のせいですかね。向こうのあのカクテル……。なんや、色が変わったように見えません？」

周囲に悟られぬよう、鈴木はごくひかえめに左手で指した。

さきほどの、バーテンダーごひいきの女性が飲んでいるカクテルだ。薄黄いろをしていたはずなのに、いまは緑に見える。ブルーのライトのせいだろうか？　と鈴木は目を凝らした。

「いや、おれにも緑に見える。まずいな」

泉水は片手を挙げ、サンドイッチを用意していたバーテンダーを呼んだ。寄ってきた彼の耳に、早口でささやく。

途端にバーテンダーの頬が強張《こわば》った。ただちに女性のもとへ駆けつける。いまだに彼女にまとわりついている男性客に、詰め寄りはじめる。

鈴木たちの位置からでも、「困ります……」「うちは、そういう行為は……」という声が、断片的に聞きとれた。

だが男性客が引く様子はなかった。それどころか、逆に言いかえしている。

彼らの声が次第に高く、激しくなる。口論になりつつある。

わずか数分で、店内の空気が一変していた。いまやすべての客が、バーテンダーと男のやりとりを注視している。一触即発の空気だ。男のこめかみには、血管の青いすじが浮いていた。

「お客さん。そういうことなら、うちだって警察呼びますよ」

「あぁ？　なにを証拠に。やれるもんなら……」

男が腕を伸ばした。カウンター越しにバーテンダーの襟首を摑《つか》む。グラスが勢いよく倒れ、カクテルがこぼれる。

「そこまで」

二人を制する声がした。

泉水だった。

「は？　誰だてめえ……」

男が反射的に泉水を振りかえり、同時に言葉を失う。

優男のバーテンダーとは対照的な、百九十センチ超の偉丈夫は予想外だったらしい。酔いで赤らんでいた顔が、みるみる青ざめていった。

「フルニトラゼパムだな」

泉水が、静かに言った。

「アルコールと併用すると意識が混濁する、いわゆるレイプドラッグだ。最近のフルニトラゼパム錠は、悪用防止のため青く着色してある。だから黄いろのカクテルに混ぜれば緑になる、ってわけだ。どうする？　通報されて、このこぼれたカクテルを警察に分析してもらいたいか？――それとも」

片目をすっと細める。

「警察が来るまで悠長に待たず、表でおれと殴りっこでもするか。いまなら好きなほうを選べるぞ？　どうしたい？」

　青ざめたナンパ男の顔が、今度は瞬時に白くなりはじめた。完全に血の気を失っている。目じりが、こまかく痙攣《けいれん》している。

　ナンパ男は顔をそむけた。

「な、なんだよ……」「ふざけんな、糞《クソ》が」もごもご言いつつも、バーテンダーを摑んだ手を放す。最後に彼らを一睨《ひとにら》みしてから、男はやっときびすを返した。

「あ、お勘定はいりませんから――」

　バーテンダーの言葉をみなまで聞かず、男はコートを引っ摑んだ。早足でフロアを横切っていく。向かった先は、むろん出口であった。

　叩《たた》きつける勢いで扉が閉まった。

　一瞬、静寂があった。そののち、店内にほっと安堵《あんど》の空気が広がる。

「まったく、イヴだってのに変なのが湧くなあ……」

　ぼやいてから、バーテンダーは泉水に向きなおった。

「ご仲裁、たいへんありがとうございました。お客さまにこのようなご迷惑をおかけして、お詫《わ》びのしようもございません。ほんとうに申しわけない」

「いや、おれよりも向こうに」

　泉水が例の女性客を指す。慌ててバーテンダーが向きなおって、

「ああそうでした。申しわけございません。せっかくのクリスマスイヴだというのに、楽しいご気分を壊してしまい……」

「いいんです。もともとクリスマスはあまり好きじゃないから」

彼女は苦笑顔で手を振り、

「それに、お詫びとお礼を言うのはこっちのほうです」

と泉水に向きなおった。

「ありがとうございます。薬を仕込まれたなんて、自分一人じゃ絶対気づかなかった。わたし、今夜ばかりは黄いろも緑もわからなくって」

「色がわからんようなるほど、飲んどるとは見えませんが」

つい鈴木は口を挟んでしまった。

きょとんと目をしばたたく女性に、急いで言う。

「あ、いや、すんません。えーと、おれは雪越大学の学生で鈴木と言います。こちら、先輩の泉水さん」

「鈴木さん……。泉水さん」ちいさく復唱して、

「ではわたしも名乗らないと無礼ですね。遅れましたが、こういう者です」

女性はバッグを探り、二人に名刺を差しだした。目をすがめ、鈴木はその明朝体の肩書きと氏名を読んだ。

『グラフィックデザイナー　白土《しらと》澪子《みおこ》』

「二十年ほど前からわたし、クリスマスの二日間だけ色覚がなくなるんです。それじゃあ仕事にならないから、毎年イヴは朝まで飲んで、明日は一日寝込むことにしているの。……ふふ、変でしょう？」

澪子は眉根《まゆね》を寄せて笑い、

「だから今日のわたしにはカクテルの色どころか、サンタクロースの衣装まで真っ黒に見えるんです。でもそんなつまらない話より、お礼に奢《おご》らせてください。マスター、こちらのお二人に――ええと、同じものでいいですか？」

「もちろん」

「ありがとうございます」

遠慮せず、二人ともおかわりの赤ワインとウイスキーロックを受けとった。

澪子も新たなカクテルを頼んだ。テキーラベースで薄黄いろのマタドールだ。

「――ところで、さっき聞こえてしまったんですが」

澪子がカクテルを舐《な》めて、泉水に尋ねた。

「イヴにだけ出る子供の幽霊が、街角に立っているんですってね。それってどんな子ですか？　もしかして七、八歳の女の子じゃない？」

わずかな間を置いてから、ふっと笑う。

「ごめんなさい、盗み聞きしてたわけじゃあないの。ただ色覚がなくなる代わり、ほかの感覚が敏感になるみたいで」

「どうして女の子だと思うんです？」

語尾をさえぎるように、泉水が問いかえす。

「どうしてって――もしそうなら、わたしが連れてきた幽霊だと思うから」

澪子はさらりと答えた。

「その子、赤い顔をした鬼と一緒にいなかった？　だとしたら百パーセント、わたしに付いてきた子でしょうよ。間違いないわ」

「子供と赤鬼ですか。クリスマスの取り合わせというよりは、節分……いや、なまはげに近いかな」

　澪子の言葉の後半を無視して、泉水は言った。

「さっきあなたは、サンタが黒い衣装に見えると言いましたね。黒いサンタってのは、ドイツあたりじゃ有名な存在らしいですよ。まさしく、日本で言うところのなまはげに近いようだ。いい子にはサンタクロースがご褒美をくれ、悪い子にはブラックサンタが罰を与えるんだな。後者は悪魔のような姿をして、プレゼントの代わりに鞭《むち》の枝を置いていく。地方によっては、悪い子を袋に詰めて連れ去ってしまうという伝承もあるそうです」

「物知りなのね」目を見ひらいた澪子に、

「いや、従兄《いとこ》の受け売りです」

と泉水がかぶりを振ったとき、彼のポケットで携帯電話が鳴った。

「失礼」

送信者の名を見て、片眉《かたまゆ》を上げる。泉水は鈴木に液晶の画面を向けた。

「本家からだ」

二人は席を立ち、洗面所前の通路へと移動した。

「ちょうどいいとこにかけてきたな、本家。ドイツのブラックサンタの正式名称を教えろ」

「え？　クネヒト・ループレヒトのこと？」

スピーカーに切り替えた携帯電話から、黒沼部長の戸惑い声が響く。

「ドイツが有名だけど、似たようなのはヨーロッパ各国に伝承として散らばってるよ。オーストリアや東ヨーロッパではクランプス、フランスではペール・フェタール、オランダではズワルトピートと呼ばれる存在だね。それより泉水ちゃん、いまどこ？」

「ケーキビュッフェの斜め向かいだ。鈴木もいるぞ」

「あ、ほんと？　ぼくも合流していい？」

「かまわんが、ケーキは食い終わったのか」

「あー、そこはあとで説明する」

部長はめずらしく言いよどんでから、

「じつはさっきまで藍くんと一緒だったんだよね。彼女が予定どおり『フォリア』でケーキ買って帰ったのを、たったいま見送ったとこ。いやー疲れたよ。寒いし、このままじゃ風邪引きそう。そっちのお店で、早くあったまりたいな」

と嘆息した。

4

「……これは二十年も前の話よ。わたしは当時、八歳だったの」

白土澪子が低く語りだす。

その白い頬に、アイスブルーの照明が冴《さ》える。

鈴木と泉水はグラス片手に、彼女の思い出話へと耳を傾けていた。泉水の隣には、つい数分前に合流した黒沼部長が座っている。

「近所にサエちゃんという子が引っ越してきたのは、その年の春。サエちゃんも、わたしと同い年だった。わたしの父親の、従妹《いとこ》の娘よ。……ということは再従姉妹《はとこ》にあたるのかしら？　きっとそうね」

なかば独り言のように、澪子は言う。

「わたしの両親は、子供から見ても仲良しとは言いがたかった。大声で喧嘩《けんか》こそしないけれど、ろくに会話しない、目も合わせない夫婦だった。そして父も母も仕事優先で、ほとんど家にいなかった。だからわたしは、父方の祖母に育てられたの」

「じゃあ、お祖母《ばあ》ちゃん子だったんですね？」

部長がグラスホッパーを飲みながら問う。ミントリキュールの、とろりと甘く濃いカクテルだ。

澪子は首を横に振った。

「いいえ。育ててもらっておいてなんだけど、祖母のことはあまり好きじゃなかった。祖母と母は、折りあいが悪くてね。その母が産んだわたしのことまで、祖母は疎んでいた。でも愛する長男の子でもあるから、しかたなく世話をしていたのよ。祖母の言動の端々から、そんな心のありようが伝わってきた。しんどかったわ」

ため息を、澪子はマタドールのグラスに逃がした。

「――わたしね、十二月二十三日生まれなの」

ぽつりと澪子は言った。

「じゃあ昨日が誕生日じゃないですか。おめでとうございます」

部長が受ける。だが澪子はその祝辞には取りあわず、

「だから子供の頃はずっと、誕生日とクリスマスのお祝いが一緒だった。ほかの子はみんな、誕生日とクリスマスと、一年に二度プレゼントをもらえるのにね。不公平だって、いつも不満だった。……なのにサエちゃんが越してきて、それすらなくなった。わが家では、クリスマスパーティがひらかれなくなったのよ」

指でグラスをくるりとまわす。

「『どうして』って祖母に訊《き》いたわ。どうして今年はケーキもプレゼントもないの。ど

うしてパーティしてくれないのって。そしたら祖母はこう言った。『サエちゃんはお父さんがいない、可哀想な子なんだ。おまえが合わせてあげなきゃだめでしょう』『一人で楽しもうだなんて、おまえをそんな不人情な子に育てた覚えはないよ』と……」

サエちゃんは両親の離婚をきっかけに、母方の故郷へ戻ってきた子だった——。

遠くを見つめて、そう澪子は語った。

母親が旧姓に戻したため、澪子と同じ白土姓だったと思う。だが〝サエ〟の名が、どんな漢字だったかは覚えていない。いまでも澪子の中で、サエはただのサエだ。

昔からサエの母親は、祖母のお気に入りだったらしい。そう知ったのは、サエ母子が来てすこしあとのことだ。

祖母にしてみれば「可愛い姪《めい》っ子《こ》とその娘が苦労して、気に食わない嫁の産んだ孫がぬくぬくと生活するなんて」という気分だったのだろう。サエたちの移住を機に、祖母の澪子への当たりはいっそうきつくなった。

「サエちゃんが可哀想でしょう」

「サエちゃんはそんなもの買えないんだよ。見せびらかすのはやめなさい」

と、二言目には澪子を叱るようになったのだ。

お気に入りの可愛い服や、母がたまの休日に買ってくれたキャラクターもののバッグは取りあげられた。お菓子やアイスだって禁止された。そうしてその上で、

「サエちゃんは、知らない土地に来て心細いんだから。あんたが面倒を見てあげなくて

どうするの」

と、彼女のお世話係を命じられた。

――全部、サエちゃんのせいだ。

内心で澪子はそう恨んだ。

サエちゃんが引っ越してきてから、いろんなことが悪いほうへ変わった。

可愛い服が着られない。お菓子も食べられなくなった。食べていいおやつはお祖母ちゃんがふかしたお芋や、甘く煮た南瓜《かぼちゃ》、干し柿などだ。学校の友達ともろくに遊べず、いつだってサエちゃんを優先させねばならない。

サエが一緒にいて楽しい子なら、まだ不満もすこしは解消されただろう。

だが、そうではなかった。

澪子の記憶の中のサエは、意地悪だった。いつも質素なものを食べ、質素な服を着ていた。ひねこびた、あきらめきった目をした子供だった。

サエが越してきてから、半年あまり経った頃だ。

「……あたし、クリスマスって大嫌い」

自宅でテレビを観ていたとき、吐き捨てるようにサエは言った。

おりしも番組では、来たるクリスマスに向けてのイベント情報を発信していた。サエの口調はひどく憎々しげだった。目もとを引き攣《つ》らせ、唇をゆがめていた。

澪子は戸惑った。

それまで身近に、「クリスマスが嫌い」などという子は一人もいなかった。

第一にクリスマスイヴは、澪子にとって年にただ一度ひらかれるパーティの夜だ。雛《ひな》祭《まつ》りにお雛さまを飾ることもない、七夕やバレンタインになにをするでもない両親が、揃って娘を囲んでくれる唯一の日だった。

家族みんなでホールのケーキを囲む。蠟燭《ろうそく》を吹き消し、骨つきのチキンを頬張る。そして朝目覚めれば、枕もとにプレゼントが置いてあるのだ。これ以上に楽しくてうきうきするイベントが、いったいこの世の中にあるだろうか？

そう言いたかった。

しかしまだ八歳の澪子には、それを説明しきれるだけの語彙《ごい》がなかった。

「でも、でもサンタさんが来るし、ケーキだって食べれるし……」

たどたどしく反駁《はんばく》する澪子を、サエは「ふん」とせせら笑った。

「サンタなんていないよ。あんた、小学生にもなってまだそんなの信じてんの？」

鼻柱に皺《しわ》を寄せた、いやな笑いかただった。

「ガキだね。それに、アッタマ悪い。サンタなんて大人がでっちあげた嘘っぱちだよ。あたしたちをコントロールするために、大人同士でしめしあわせてるんだ。『いい子にしないと、サンタさんが来ないよ！』なんて、脅して言うこと聞かせるためのつまんないデタラメだよ。ふん、馬っ鹿みたい」

サエは鼻息荒く言い捨ててから、

「クリスマスに来るのはね、――赤鬼だけだよ」

　と言った。

　奇妙な声音だった。怒りのこもった、それでいて悲しげな。

　澪子には、意味のわからぬ感情をこめた声であった。

「……鬼が来るのは、節分でしょ」

　気圧《けお》されながらも澪子は言いかえした。しかしサエはやはり、

「あんた、ほんとになんにも知らないんだね」

　と冷ややかに笑った。

「クリスマスにはねえ、真っ赤な鬼が来るんだよ。ううん違う、あたしが鬼に変わるんだ。このあたしが鬼になっちゃうの。……そうだね、いつかあんただって、鬼になる日が来るかもね」

　不気味な言葉だった。

　澪子はひるんだ。反駁したかったが、「そんなことないもん……」と小声でつぶやくことしかできなかった。

　だがサエは、すでに澪子に興味を失った様子だった。

「とにかく今年は、あんたん家《ち》もクリスマスパーティなんかしないと思うよ」

　とだけ言い、無表情にそっぽを向いた。

　サエが帰ってから、澪子は祖母に半泣きですがりついた。

「お祖母《ばあ》ちゃん、うちは今年もクリスマス、するよね？　サンタさんは来るし、ケーキも食べるんだよね？」

しかし祖母の返事は、にべもなかった。

「なに言ってるの？　今年はだめだよ。サエちゃんがいるんだからね。あんただけいい思いするなんて、そんな不公平な真似はさせません」

祖母のその言葉は、幼い澪子を絶望させた。

しかし心のどこかで、彼女は「もしかしたら」の期待を捨てられずにいた。

——もしかしたら、お祖母ちゃんの言ったことは嘘かもしれない。

——もしくはクリスマスまでに、気が変わってくれるかもしれない。お父さんかお母さんが、「そんなの澪子が可哀想じゃないか」って、お祖母ちゃんに意見してくれるかもしれない。

その期待が裏切られたのは、十二月二十四日当日の朝だ。二学期の終業式を前日に済ませ、冬休みがはじまった日でもあった。

父は出勤の支度を急ぎながら、澪子の顔も見ずに言った。

「え？　今年はクリスマスなしだぞ。お祖母ちゃんから聞いてるだろ？」

母は多少すまなそうな様子は見せたものの、

「ごめんね。今年はパーティしないって聞いたから……。あ、でもプレゼントは買ったわよ。午後には宅配便で届くよう、手配しておいた。え？　開けるのは澪子が一人でできるでしょう？　もう赤ちゃんじゃないもんね？」

　父母が出勤するなり、澪子は走った。

向かった先は、サエが母親と住む部屋だった。徒歩わずか三分の、道を二本隔てた向こうに建つ木造二階建てのアパートだ。

「サエちゃんの言ったとおりだった」

　そう告げたくて、幼い澪子は駆けた。

　サエちゃんの言うとおり、サンタさんなんて来ない。ケーキもない。なにもかもサエちゃんの言うとおりだった。サエちゃんは正しかった。

　――でも、嫌いだ。

　正しいからって、好きにはなれない。

　ううん、正しかったからこそサエちゃんが嫌いだ。いやな現実をわざと突きつけてくるなんて、大嫌いだ。

　わたしはサエちゃんが嫌い。いままでだって、ずっとずっと嫌いだった。それが今日、心の底からはっきりした。あなたが嫌いだ、と面と向かって言ってやりたくて、全速力で走った。

　チャイムを押す。だが返事はなかった。

　ドアノブを握ると、未施錠なのか扉が手前にひらいた。薄く開け、そっと中を覗《のぞ》きこんだ。

「――サエちゃん？」

沓脱《くつぬぎ》に、見知らぬ靴が並んでいた。

男物の長靴だ。むろんサンタのブーツではなかった。年配の男性が履くような、黒のゴム長靴である。

狭いワンルームのアパートゆえ、玄関から室内がまる見えだった。沓脱の左側に洗濯機。框《かまち》を上がってすぐに簡素なシンクと冷蔵庫があり、その向こうが部屋になっている。卓袱《ちゃぶ》台《だい》を囲むようにして、サエと見知らぬ老爺《ろうや》が座っていた。

ふわり、と甘い香りが澪子の鼻さきをくすぐった。

ヴァニラエッセンスの香りだった。

「おお、サエのお友達か？」

振りかえった老爺が、歯を見せて笑う。一目で入れ歯とわかる、顔と不釣り合いに大きい歯だった。

事態が飲みこめず、澪子は目をしばたたいた。

「……澪子ちゃん」

彼女を見て、サエが言った。

その顔が急に、ぐしゃりとゆがんだ。泣きそうに見えた。これほど頼りなげなサエを見るのははじめてだった。

一方、老爺は澪子に笑顔を向けたままだった。訛《なま》りのきつい言葉で言う。

「やいや、そっつら顔で見んなてぇ。べつにあやしい者でねえ。おれぁ、サエのお祖父《じい》ちゃんだ。サエのパパの、そのまた父ちゃんてことさ」

「サエちゃんの、パパの……」

「うんだ。別れて住んでっすけ、こんげなときでねえと会えねえからの。サエのために、ほれ、ケーキ買ってきたんだぁ」

と卓袱台にのった大きな箱を、老爺が顎《あご》で指す。

――ああそうだ、あれはケーキだ。

澪子はうなずく。

この香り。あの箱。間違いない。パーティの日しか食べられない、特別なホールのケーキ。苺《いちご》と生クリームたっぷりで、蠟燭を吹き消してから食べるケーキだ。

サエちゃんのお祖父ちゃんが、ケーキを買って遊びに来た。なぜってクリスマスイヴだから。お祖父ちゃんは、孫に会いに来たんだ。

「今夜はクリスマスイヴだすけな。今日ばっかは、家族水入らずってやつだ。お前《め》さんも早《はよ》う家に帰んな。サエとは、明日また遊べるでねぇの。おれぁ嫁が仕事でいねえ、いまのうちだけなんだからよ。ほれ、早《はよ》う帰……」

つづく言葉は、澪子の耳に入らなかった。

怒りが再燃していた。いや、さらに激しく燃えさかっていた。

なんでよ、と澪子は思った。叫びたかった。うちはサエちゃんのせいでケーキもプレゼントもない。なのに、なんでそのサエちゃんがケーキを食べられるの。しかもあんな大きなケーキ。

わたしは昨日、誕生日だったのに。だけど誰もお祝いしてくれないから、クリスマスイヴだけが楽しみだったのに。サエちゃんばっかりずるい。ずるいずるいずるいずるいずるいずるいずるい。

——許せない。

それからあとのことは、よく覚えていない。

おそらく澪子はケーキに向かって突進したのだ、と思う。靴も脱がずに室内に駆けこみ、老爺が止める間もなくケーキの箱を奪った。そして壁に叩《たた》きつけ、箱を両足で踏みつけた。

正気に戻ったのは、鋭い痛みが頬を張ったせいだ。

澪子は床に倒れた。その衝撃で、はっとわれに返る。

叩かれたせいだろう。片耳がきぃぃん、と耳鳴りを発していた。だが老爺が顔を真っ赤にして怒っているのはわかった。口のかたちで、「なんてガキだ」「こっつら悪ガキ、はじめて見た」と喚《わめ》いているのもわかった。

その背後に、サエが見えた。

同じく真っ赤な顔をくしゃくしゃにし、両手を握りしめて突っ立っている。

赤鬼だ、と澪子は思った。

サエちゃんと、お祖父ちゃん。表情はまるで違うけれど、真っ赤な顔はそっくりだ。やっぱりクリスマスイヴに赤鬼が来たんだ——と。

そしてようやく、澪子は自分のやったことを知覚した。

床を見下ろす。途端に血の気が引いた。

ケーキの箱がぐしゃぐしゃにつぶれている。隙間から生クリームがはみだして、畳にこぼれている。中身がどうなったかは、考えるまでもない。こんな乱暴な真似をしたのは、生まれてはじめてだ。

澪子は内気でおとなしい子だった。だがサエが引っ越してきてからというもの、そのちいさな体に鬱屈《うっくつ》を溜《た》めに溜めていた。約八箇月ぶんの鬱憤《うっぷん》が、今日ここで爆発したのだった。

——わたし、なんてことしちゃったんだろう。

澪子は倒れこんだまま、動けなかった。床に突いた手が震えた。

「み、……澪子、ちゃ」

サエが数歩、近寄ってくる。

ひっ、と澪子は息を呑《の》んだ。

仕返しされる、と思った。わたしなら絶対、こんなとき相手を許せない。気の強いサエちゃんならなおさらだろう。きっと、ひどい仕返しをされる——。

澪子は立ちあがった。そして渾身《こんしん》の力でサエを突きとばし、走った。

サエが仰向《あおむ》けに倒れるのが目の端で見えた。だがかまわず逃げた。振り向かず、そのまま家まで駆けて駆けて、駆けつづけた。

サエの訃報《ふほう》が入ったのは、その夜のことだ。

帰宅した母から聞かされたのだ。

「あの子は倒れて、頭を打って死んだ」のだと。

通夜を、澪子は拒んだ。行きたくないと泣いて拒否した。しかし父と祖母に叱られた。

「仲良くしていたくせに、なんて薄情な」

「そんな不義理な子に育てた覚えはありません」

澪子はただ泣いた。薄情とか不義理とかじゃない。怖いのだ、と言いたかった。だが言えなかった。

だってなぜ怖いのか話したら、殺したのがわたしだとわかってしまう。

サエちゃんを突き飛ばしたのはわたしだ。あのとき、卓袱台に倒れこむサエちゃんを確かに視界の端で見た。見たのに、助け起こさずに逃げた。

それにお通夜にはきっと、サエちゃんのお祖父ちゃんもいる。わたしが殺したと知っている。きっと警察が待っているんだ。わたしは逮捕されるんだ。

抵抗したが、引きずるように澪子は連れて行かれた。

会場には、黒い服の人がたくさんいた。壁いちめんに白黒の幕が張られ、みな悲しそうにうつむいていた。

その人波の向こうに、サエの母親がいた。

やはり黒い服を着ていた。澪子を見つけ、目を見ひらく。人をかきわけて歩いてくる。吊《つ》りあげた眉《まゆ》。泣き腫《は》らしたまぶた。まっすぐに澪子のもとへ近づいてくる。

――殺される。

澪子は悲鳴を上げた。そしてそれきり、失神した。

目を覚ますと、自宅だった。ベッドに寝かされていた。

二、三度まばたきしてから、澪子はなにかおかしい、と気づいた。見えている世界が、昨日までと違う。心なしかほんのり薄暗い。

――いや違う。

これは薄暗いのではない。そうではなく、色が。

――世界に、色がない。

壁に掛けたランドセル。自分のパジャマの袖《そで》。学習机に積んだ教科書。カーテン。ベッドカバー。本棚に並ぶ児童書の背表紙。

昨日まで、この部屋は色彩に溢《あふ》れていたはずだ。なのにいまは、なにもかもが白黒に見える。見わたす限り、白と黒と灰いろの世界だ。そう、まるで、あのお通夜の会場のような――。

澪子はふたたび気を失った。

5

「……サエちゃんのお母さんは、喪が明けてすぐ、どこかへ行ってしまった」

　二十八歳の澪子はつぶやくように言った。

　マタドールで唇を潤し、低くつづける。

「どこへ越していったのか、いまでも知らないの。わかるのは、それきり地元に戻ってこなかったということだけ。サエちゃんの遺骨も一緒に行ってしまったから、わたしはあの子のお墓参りに一度も行けていない」

「でも」

　ひかえめに鈴木は口を挟んだ。

「でも、デザイナーになられたんですよね？　つまり色覚はその後、もとに戻ったんじゃあ？」

「ええ。そのときは一箇月ほどかけて、徐々に戻った。ほっとしたわ。でもその安堵《あんど》も、十二月二十四日までの話だったけれど」

　澪子は髪を片耳に掛けて、

「朝起きて、悲鳴をあげたわ。視界がまた、白と黒だけになっていたんだもの。その年はもとのようにクリスマスを祝えるはずだった。でもわたしには樅《もみ》の木の緑も、ベッドに吊るした靴下の赤もわからなくなっていた。どこまでいっても、なにを見ても、モノクロームの世界……」

　短く嘆息する。

「それからは毎年同じ。クリスマスの二十四日から二十五日にかけては、毎年色覚がおかしくなるの。だから十歳を最後に、それ以後はクリスマスも誕生日も祝っていないわ。いやなことしか思いださないから」

「誕生日もですか」

　部長が言う。ええ、と澪子は首肯して、

「だってわたしには、祝われる資格なんてないでしょう」

　と言った。

「サエちゃんがどうして死んだのか、大人になったいまもよくわからない。わたしが殺したのかもしれないし、そうでないかもしれない。もし殺したのがほんとうなら、どうして問題にならなかったのか、それも不明。子供だから罪に問えないとしても、事情聴取くらいはされるはずでしょう？――確かなのはわたしがケーキを台無しにした上、あの子を突き飛ばしたことと、サエちゃんが死んだってこと。どちらにしろ、潔白ではないわよね」

　ふっ、と白い横顔で笑う。自嘲《じちょう》の笑みだった。

「結局、サエちゃんが正しかったのよ。サンタなんていなかった。来たのは鬼だけだった。……鬼は、わたしだったの」

澪子はグラスを勢いよく呷《あお》った。

「大人になって、お酒が飲めるようになってからは毎年こう。このショットバー、気に入ってるのよ。目にやさしい照明だから。二十四日はここで朝まで飲んで、翌日は夜まで寝て過ごすの。そのためにフリーランスになったようなものね。こんな体質じゃ、会社員なんてつとまらないでしょう」

と苦く笑う。

「あのう……」

ただのバーテンダーではなく、どうやら店主《マスター》らしき男がおずおずと言った。

「ああ、すみません、口出ししてしまって。……よけいなお世話とは思いますが、その後ご両親とは一度も、その件についてお話しされなかったんですか？」

「ええ、しなかったわ」

澪子は断言した。

「というより、言えなかった。あの日サエちゃんを突き飛ばした件だけじゃなく、あそこでケーキをめちゃくちゃにしたことも、サエちゃんの祖父に会ったことも、そもそもアパートに行ったことも……。でも親も祖母も、たぶん知ってたと思う。そういうのって、なんとなく空気で伝わるものでしょう。あの日、あのアパートであったことをみんな知っていた。知っていて、誰もわたしを責めなかった」

「それが、いっそうつらかった？」

黒沼部長が問う。

「そうよ」澪子の目じりが震えた。

「だから進学で実家を離れて——その後は、ずっと疎遠。その上両親が離婚したから、帰る実家なんてなくなってしまった。父は、とうに再婚したわ。母とももう十年近く、連絡を取っていない」

沈黙が落ちた。

黒沼部長がグラスホッパーを飲みほす。空になった澪子のグラスと並べて、

「これは、ぼくの私見ですが——」

銀縁眼鏡を指でずり上げた。

「サエちゃんの死は、あなたのせいじゃないと思いますよ」

「どうして？」

間髪を容《い》れず、澪子が問うた。挑むような口調だった。

「どうしてそんなことが言えるの？　ただ話を聞いただけで？　慰めるつもりなら、やめて。逆効果だから」

「いや、慰めじゃなくてですね」

部長はマスターに「バレンシアひとつ」と頼んでから、

「……ぼくが思うに、サエちゃんはアレルギーだったんじゃないかな」

と言った。

その言葉は予想外だったらしい。澪子はぽかんと口をひらいた。

「アレルギー……？」

「そうです。じつはぼくらの大学でも最近、似たような騒ぎがありましてね。なんでも厨房《ちゅうぼう》のバイトが、蕎麦《そば》とうどんを誤って同じ鍋《なべ》で茹《ゆ》でたらしい。そのせいで、うどんを食べた蕎麦アレルギーの学生が発作を起こしてぶっ倒れたんです。食堂の入り口に、その旨お詫《わ》びの張り紙がしてありましたよ」

部長は柔和な瞳《ひとみ》で彼女を見上げて、

「あなたのお祖母《ばあ》さまは、サエちゃんを『可哀想な子』と言っていた。お気に入りの姪《めい》が産んだ娘のはずなのに、質素な服と質素な食事に甘んじさせていた。そんなの、矛盾してるでしょう？……あなたは子供だったからどちらも〝質素〟と見たけれど、実際はオーガニック素材の服と、アレルギー除去食だったんじゃないかな。たぶんサエちゃんは小麦か卵か、もしくはその両方を食べられなかったんだと思いますよ。だからおやつも市販のものじゃなく、南瓜《かぼちゃ》や干し柿などだった」

と言った。

「お祖母さまたちは『まだ子供だからわからないだろう』と思って、あなたにちゃんと教えなかったんでしょうね。ただ『可哀想』だけでは伝わらないのに。でもそれも、よくあることです」

「……じゃあ」

　澪子はあえぐように言った。

「じゃあ、赤鬼っていうのは」

「アレルギーによるアナフィラキシーショックは、全身におよぶ発疹《はっしん》、粘膜の腫《は》れ、気道狭窄《きょうさく》、呼吸困難、喘鳴《ぜんめい》などを引き起こします。つまり顔を真っ赤にして、苦しみ悶《もだ》えることになる。……小麦や卵アレルギーの子供にとって、通常のケーキは鬼門ですからね。ケーキが氾濫《はんらん》するクリスマスは、サエちゃんにとっては『赤鬼が来る日』でしかなかった。赤鬼とは、彼女自身のことだ。彼女なりの自嘲だったんです」

「え、でも、だったら……」

　澪子がかぶりを振る。

「だったらなぜ、サエちゃんのお祖父《じい》ちゃんはあの日、ケーキを買ってきたの？　サエちゃんは引っ越してくるまで、父方の実家の近くにいたのよ。祖父ならアレルギーのことを、知らないはずはないじゃない」

「その点も、想像する範囲でお答えすることは可能ですが」

　部長は言ってから、澪子をまっすぐに見た。

「そこはお祖母さまかお母さまに、直接お訊《き》きになったほうがいい。できればお母さまのほうがいいでしょう。無理にとは言いませんが――。あ、スマホに番号はもちろん登録なさってますよね？」

6

澪子が通話を終えてカウンターに戻ってきたのは、約二十分後のことだった。

「――あなたの、言うとおりだった」

澪子は呆然《ぼうぜん》としていた。

「母が言うには、サエちゃんは小麦、卵、乳製品、大豆、ナッツ、蕎麦、そしてバラ科の果物にアレルギーがあったんですって。バラ科のフルーツといえば林檎《りんご》、梨、桃、桜桃、杏《あんず》、枇杷《びわ》、そして苺《いちご》……」

「つまり苺と生クリームを使ったクリスマスケーキなんて、彼女にはもってのほかだった」

と部長はあとを引きとった。

「お母さまは、ほかになんと言っておいででした？」

「……謝られたわ。『あの頃は仕事仕事で、かまってやれなくてごめんなさい。こんなことさえ説明できてなかったのね。あんたはお祖母さん子だったから、てっきりお義母《かあ》さんから全部聞いたと思っていた……』と」

呻《うめ》くように言い、澪子は額に掌を当てた。

「わたし、お祖母さん子なんかじゃなかった。厳しい祖母の機嫌をそこねるのがいやで、聞きわけのいいふりをして、おとなしくしていただけなのに……」

「嫁姑《しゅうとめ》の仲がよくないと、ありがちですね」

部長はうなずいた。

「姑は『憎い嫁の産んだ子』と孫を疎む。母親は『あの子は姑にばかり懐いて』とわが子を遠く感じる。迷惑をこうむるのは、いつだって板挟みになる子供です。ぼくも、多少は身に覚えがある」

と言ってから、

「それで、どうしたんです?」と先をうながした。

澪子の喉《のど》が、ごくりと上下した。

「サエちゃんの両親が、離婚したのは……あの子のアレルギーが、きっかけだったそうです」

母の話では、サエは四歳の春に、血液検査でアレルギーと診断されたらしい。

成長にしたがって症状が軽減していく子もいる。しかしサエはそうではなかった。むしろ悪化するばかりだった。

サエの父親は「うちの家系に、そんな弱い子は一人もいなかった。おまえが浮気《うわき》したんだろう」とサエの母をなじり、彼女は「ひどいことを」と激昂《げきこう》した。父方祖父母は、むろん息子の──父親の肩を持った。

夫婦喧嘩《げんか》はやがて、民間のDNA型鑑定所への依頼にまで発展した。鑑定の結果、サエは間違いなく両親の子であった。しかしその頃には、夫婦の亀裂は決定的となっていた。

サエが八歳の春、両親は離婚した。

争いの結果、親権と養育権は母親が取った。父親は離婚と同時に、あっさりサエへの興味を失った。

一方、父方祖父母は逆に執着を強めた。ことあるごとに「孫を返せ」「孫から祖父母を取りあげるのは、虐待だ」と母子宛てに電話をかけてきた。あまつさえ、

「うちの家系の子なら、八歳を超えればアレルギーなんて克服できたはずだ」

とも言い張った。

そうして祖父は、サエの母が仕事に出ている間を狙って、アパートへと押しかけた。アレルギーの大敵である、苺と生クリームのホールケーキをたずさえてだ。澪子が目撃したのは、そのときの光景である。

サエは自分の体質をよく知っていた。絶対に食べてはいけないとわかっていた。だが自分が拒めば拒むほど、祖父が母への反感をつのらせることも承知していた。どうしたらいいのか——と狼狽《ろうばい》するサエのもとへ、あの日、澪子は訪れたのだ。そして嵐のように、ケーキを叩《たた》き壊して去った。

「聞いて澪子。サエちゃんが死んだのは、あんたのせいじゃないわ」

電話口で澪子の母は、そうはっきり告げたという。

「あの子はね、父方のお祖父ちゃんに無理やり車に乗せられそうになって、揉《も》み合いの末に転んだの。縁石に頭を打って、脳挫傷《のうざしょう》で亡くなったのよ」

と。

サエの母親が連絡を受け、病院へ駆けつけたときはすでに遅かった。

元舅《しゅうと》は、口をきわめてサエの母を罵《ののし》った。その悪罵《あくば》によって、彼女は娘の死のいきさつをすべて知った。

警察へ訴え出たが、元舅は不起訴処分とされた。「実祖父による、不幸な事故」で片づけられたのだ。

しかたなくサエの母は何年もかけて民事で争い、勝訴して慰謝料を勝ちとった。しかし最後まで、元舅から謝罪の言葉は引きだせなかった。

「……サエちゃんのお母さんは、葬儀の日、こう言ったそうです」

澪子は声を絞りだした。

「『あの子の死因がアナフィラキシーショックじゃなかったのは、せめてものさいわいだ。苦しんで、苦しみぬいて死んだんじゃない。転んで頭を打って——きっと、ほんの一瞬だったでしょう。澪子ちゃんが気づいてケーキを壊してくれたおかげ。あの子も、天国で感謝していると思う』って……」

泉水がうなずき、

「事情をろくに知らないおれには、推測しか言えません。だがすくなくとも、その再従姉妹《はとこ》が化けて出るほど、あなたを恨んでいないのは確かだ」

　と窓の外を指した。

「その証拠があれだ。通りに立っている子供の霊は、七、八歳の女の子じゃない。五歳くらいの男児です。あなたは誰も〝連れてきて〟などいない」

「ぼくも、あなたの色覚異常は霊障ではないと思うな」

　部長が静かに言った。

「それはきっと、あなたの罪の意識がもたらしたものだ。トラウマは、脳に影響する。あなたの思いこみと罪悪感が、己の脳をだましているんです。二十年前、幼いあなたが自分自身にかけた呪いですよ」

「わたしが、自分に……」

　澪子が呆然《ぼうぜん》と繰りかえす。

　手もとに落ちていた視線が宙をさまよい、窓の外へと向く。

　その唇が「あっ」とひらいた。

「そと、外を見て！」

「え？」

　マスターを含めた全員が、窓ガラス越しに表を見やった。

　火だ。店のななめ前に立てられた、白いツリー形のディスプレイが燃えあがっていた。

塩化ビニール製なのか、オレンジの炎が立ちのぼっている。

マスターがカウンターにさっとかがんだ。常備らしき消火器を腕に抱え、大慌てで走り出ていく。

「泉水さん、あいつ、さっきのナンパ男と違《ちゃ》います？」

鈴木は先輩を振りかえった。

数人の手によって、すでに一人の男が地面へ押し伏せられている。道行く有志で、酔っぱらいの放火犯を取り押さえたらしい。酔漢の顔は怒りと羞恥《しゅうち》にゆがんでいた。しかし澪子のカクテルへ薬を盛った男と、確かに同一人物に見えた。

「そうだな、さっきの男だ」

泉水が同意する。

「振られた腹いせに、店の前のツリーに火を付けたってわけか。馬鹿なやつだ。たとえ燃えうつらなくとも、悪意ありの放火は重罪だってのに……」

彼はゆるく首を振ってから、

「だがこれで、ようやく意味がわかったぜ。男児の幽霊は、ずっとあのツリーの方向を指していた。そして火が消し止められると同時に姿を消した。あの子はクリスマスイヴに、いつかあのツリーが燃やされると予告していたんだ」

と言った。

鈴木は応《こた》えなかった。代わりに澪子を振り向き、

「……見えましたか？」と問うた。

「火にいち早く気づいたのは、あなたです。派手なオレンジ色に燃えとりましたね。その色が、見えましたか？」

「えっ？――ああ」

そういえば、と澪子が目を見ひらく。

数秒、眼前のカクテルを凝視してから、まじまじと鈴木たちを眺める。

次いで彼女は、店内をぐるりと見まわした。はじめて訪れた店を見る目つきであった。

扉が開いた。

消火器を抱えたマスターが、ぼやきながら入ってくる。

「いやあ、まいったまいった。あのツリー、すっかり焦げちゃいましたよ。ビニールが燃えると臭いんだよなあ。商店街の会長が、急いで撤去してくれたけど……」

「マスター」澪子がさえぎった。

「……ねえ、ここって綺麗《きれい》なお店ね」

「はい？」

マスターがきょとんと彼女を見かえす。

泣き笑いで潤んだ瞳《ひとみ》で、澪子は微笑んだ。

「知らなかった。――湖の中みたいなのね、このお店」

「いい感じになりましたねえ、あの二人」

カウンターを挟んで話しこむ澪子とマスターを、鈴木はそっと親指で示した。

部長が首肯して、含み笑う。

「マスターのほう、めちゃくちゃ嬉《うれ》しそう」

「前から気があったようだからな」と泉水。

「ツリーが燃えるのを予言した幽霊は、あの二人の未来の子供……なんて言うたら、できすぎですかね」

「悪くないんじゃない？　あ、でもこういう仮説も立てられるよ」

鈴木の言葉に、部長が人差し指を立てた。

「今夜、カップル成立するのは、彼ら一組だけじゃないだろうからね。災厄を予言できるほどの子供なら、親だってそれなりの力があるかも。たとえば父親が霊感持ちで、母親は霊媒体質。でもいまは強力な先祖の守護霊が憑《つ》いているから、なんとか守られている、なんて感じの――」

「ははっ」鈴木は声をあげて笑った。

「そっちの未来のお子さんですか。それもありやな」

「まあ、なんでもかんでも白黒付けるのは野暮だ。ここは無難に、イヴの妖精《ようせい》ってことにでもしとくか」

泉水がのんびり言う。

「だね。それがいい」

部長がうなずいて、グラスを上げた。

「メリークリスマス」


鈴木は言わなかった。

泉水と彼は、同じく霊視能力持ちだ。

しかし泉水が言った〝五歳くらいの男児〟は、自分には視えなかったこと。代わりに目に映ったのは、十歳前後の少女であったことを。

少女は半袖《はんそで》のワンピースを着て、長い髪をリボンで結っていた。上品で裕福そうに見えた。そういえば霊と呼ぶには、気配が薄すぎた気もする。あえかな、影にも似た存在であった。

泉水が視たくだんの男児は、火事を教えたらしい。

しかし鈴木が視た少女は、ツリーが燃えるはるか前に消えていた。

――あの子は、なんやったんやろ。

すこし考えてから、まあええか、と思った。

せっかくのいい雰囲気で、いい夜だ。この空気を、よけいな瑣《さ》末事《まつじ》で壊すことはあるまい。とろりとした酔いが心地よい。

カクテルがアイスブルーのライトを透かして、ちいさな海のように揺れた。

第三話　待ちにし主は来ませり

HAUNTED CAMPUS

1

あとで振りかえってみれば、あれが違和感のはじまりだったな、と森司は思う。

ときは十二月二十四日、午後六時過ぎ。

彼はこよみとバスセンターで待ち合わせたのち、映画館に向かう前に二階の広場へと立ち寄った。ツリー形のイルミネーションオブジェを眺めるためだ。

雪国の師走《しわす》は日が短い。そして空に夕暮れの茜《あかね》がない。日中は重くるしい灰白色の雲に覆われ、夜には装いを黒一色のとばりに変える。

とはいえまだ六時だ。人出が多く、まわりの生活光も多すぎた。イルミネーションは、真っ暗闇と静寂の中で見るのがもっとも映えて美しい。

「あとでまた来ようか」

「そうですね」

と言い交わし、さて目当ての映画館へ——ときびすを返しかけた刹那《せつな》。

森司は視界の隅で、それを捉《とら》えた。

思わず足が止まる。肩越しに振りかえる。

クリスマスツリーだった。

イルミネーションオブジェではない。おそらく本物の樅《もみ》の木だろう。鉢を囲んだ柵《さく》の内側に、プレゼントの箱やおもちゃが山と積まれている。枝葉は色とりどりのオーナメントで飾られ、頂上にはひときわ大きな金の星が光っていた。

「――先輩？　どうしたんですか？」

こよみに問われ、森司ははっとわれに返った。

「ああ、いや」慌てて笑顔を作る。

「たぶん気のせいだ。……行こうか」

＊　＊

話はここで一年前にさかのぼる。

当時、森司とこよみは二年生だった。藍が在学中であり、代わりに鈴木はまだ入学していなかった。

季節は秋だ。柿の実が枝で赤く色づき、銀杏《いちょう》の葉はあざやかな黄に変わりかけていた。学生たちは長袖《ながそで》Ｔシャツの上へ、薄めの上着を重ねた。そして自販機の売れゆき一位が、アイスコーヒーからホットのブレンドに戻った頃である。

「……ことのはじまりは、四箇月ほど前なんだ」

相談者はそう言って、悩ましそうに頭を抱えた。

「うちの弟が、遠縁から人形を〝相続〟したのさ。おかしな話だろ？　まさにそいつが、間違いのもとだった……」

場所はむろんオカ研の部室だった。

相談者の眼前には黒沼部長、藍、森司、こよみの四人が揃っていた。湯気の立つ熱いコーヒーカップが、テーブル上に五つ並ぶ。菓子盆には、秋の限定品である栗入りパウンドケーキが盛られていた。

相談者は、金沢桐吾《かなざわとうご》と名のった。この場にいない泉水の二年先輩だという。環境科学専攻の院生にはめずらしい五分刈り頭で、小柄ながら筋肉質な体つきをしていた。泉水と同じく、運送屋や荷揚げ屋でバイトしながら研究室に通う身らしい。ぱっと見だけならば、柔道部の特待生とも見まがう風体であった。

「従弟《いとこ》からお噂はかねがね。彼からほんのさわりだけ、お話をうかがってます」

と黒沼部長は頭を下げて、

「――くだんの遠縁というのは、あの陣内邦彦《じんないくにひこ》教授だそうですね？」

と訊《き》いた。

「そうなんだ」桐吾はうなずいた。

「おれたち兄弟の、父方の従兄弟《いとこ》のそのまた大伯父《おおおじ》って関係だよ。えーと、おれの父の兄の息子なら、従兄弟だよな？　そいつにとって、母親の伯父にあたる人だ」

「要するにほぼ他人ですね」部長が短く片づけた。

「とはいえ、遠縁なことは間違いありません。陣内邦彦教授といえば宗教社会学の第一人者だ。縁つづきだなんて、うらやましい限りです。ぼく、高校の頃に教授の論文を片っぱしから読みましたよ。亡くなられたのは、確か半年ほど前でしたっけ？」

「五箇月前だ。それはそうと……」

桐吾は子犬のように眉《まゆ》を下げた。

「すまん。このテーブルの菓子ひとつもらっていいか。じつは朝から、なにも腹に入れていないんだ」

「あっ、もちろんどうぞ。すみません、気が利かず」

藍が慌てて勧めた。

恐縮顔で桐吾が両手を振る。

「いやいや、謝らなきゃならんのはこっちのほう。ほんとは謝礼として、菓子箱を提げてくるのが決まりなんだろ？なのに泉水の先輩だからって免除してもらった上、食いもんの催促まで……。じつに申しわけない」

心からすまなそうに頭を下げ、「では失礼して」と桐吾はパウンドケーキに手を伸ばした。包装を破り、一口かじって目を見ひらく。

「美味《うま》い」

「でしょう？」部長が微笑んだ。

「味もさることながら、どっしりして腹持ちもいいんですよ。ケーキの下半分が洋酒漬けの栗で埋まってるし、バターを大量に使ってるおかげで満足感がありますよね。よろしかったら五、六個持っていってください。――ところで、食べながらで全然かまいませんが」

　と前傾姿勢になる。

「その相続されたという人形について、くわしくお聞きしていいですか？」

「ああ。……もちろん」

　桐吾はパウンドケーキをごくりと飲みこんで、

「そいつを相談しに来たんだからな」

　唸《うな》るように言った。

「けっこうでかい人形だよ。体長は、そうだな、一メートルはあるか。ぱっと見は陶器製のフランス人形っぽい。ビスクドールって言うんだっけか？　あんな感じの外見だ。ただし金髪碧眼《へきがん》じゃあなく、黒い髪に黒い目をしてる。目は人間用の義眼を嵌《は》めてるし、髪は本物の人毛だそうだ」

「ということは、噂どおりなんですね」

　部長が言った。

「陣内邦彦教授の娘さんは、いまから約十五年前にわずか九歳で事故死した。悲嘆に暮れた教授は、娘さんを模した人形を作った。その人形に遺髪を植え、娘さんが生前に使っていたリボンやアクセサリーを着けさせ、服もちいさなドレスに仕立てなおして、宝物のように大事にしている——と」

「マジか。そこまで世間に知られてたのか」

桐吾はがっくり肩を落とした。

「だがまあ、納得だ。正直言って気味のいいもんじゃないし、一目見たら誰だって噂したくなるよな。ここだけの話だから言っちまうが、じつは教授は、もっと重症だったんだ」

「と言うと？」

「その人形には、遺髪以外も使われていたのさ。教授は火葬する前に娘の爪を切り、睫《まつ》毛《げ》と眉毛《まゆげ》も抜いた。そして火葬後は骨のいくつかと歯を抜きとった。それらを使って、娘そっくりの人形を作ったんだ」

「爪に体毛に骨……。それに歯まで？」

藍が顔をしかめる。桐吾は苦笑した。

「異様だよな。だが子を亡くした親の気持ちは、当人にしかわからない。悲しみかたは人それぞれだ。外野がどうこう言えることじゃないさ。——とまあ、おれも他人事《ひとごと》なら鷹揚《おうよう》にかまえていられたんだが、事情が変わった」

「邦彦教授が亡くなり、相続の話が持ちあがったからですか」

部長が言う。

「そうだ」桐吾は眉根《まゆね》を寄せた。

「教授が医者に余命を告げられたのは、約一年前のことらしい。となると、問題は彼の遺産だ。陣内家といやあ、たいした資産家だからな。普通なら配偶者、実子、次に兄弟姉妹が相続するとこだが、教授夫妻は娘さんの死後すぐに離婚している。実子と兄弟姉妹は、全員故人だ。となると甥姪《おいめい》しかいないが、教授は誰とも親しく親戚《しんせき》付きあいしていなかった」

「じゃあ、遺言状がものを言う状況ですね」

「ああ。そして教授の一番の心配ごとは、金じゃなく人形の行く末だった」

陣内邦彦教授は毎日、〝娘〟こと人形にせっせと尽くしていたらしい――。そう桐吾は、吐息まじりに言った。

教授は娘の部屋に祭壇を作り、そこを人形の特等席にしていた。かつ毎朝髪をとかし、ドレスとリボンを替え、花や新鮮な果物を捧《ささ》げていたという。

晩年の邦彦教授は世捨て人同然だった。大学へ赴くことなく、論文の発表もやめた。

――誰か、娘を奪いに来るかもしれない。

――娘を誰にも見せたくない。

と見えぬ敵におびえ、屋敷のセキュリティを万全に固めた。複数の警備会社と契約し、扉に高価なデジタルロックを取りつけ、全室の窓に鉄格子まで嵌めた。

「被害妄想に取り憑《つ》かれていたんだろう。別れた元妻さえ、けっして屋敷に近づけなかったそうだ」

　と二個目のケーキに手を伸ばし、桐吾は言った。

「元妻とは、陣内トキ子教授のことですね？」

　部長が確認した。

「国内では五指に入る神話民俗学の研究家だ。じつを言えば、ぼくは邦彦教授以上にトキ子教授のファンでした。いまは確か、山奥の田舎に住んでおられるとか」

「そうだ。そっちはそっちで、やはり世捨て人の暮らしをしていると聞く。ともあれ、邦彦教授は元妻にさえ——娘の実母にさえ、人形を譲ろうとしなかった。むしろ元妻を敵視していた。噂じゃあ娘が事故死したとき、だいぶ責任のなすりつけ合いをしたらしいな。教授は死の寸前まで〝トキ子にだけは、娘は渡さん〟と言っていた。確執というか、憎悪の域まで達していたようだ」

「とはいえ教授が亡くなれば、トキ子教授が人形を引き取るのが自然です。ただのビスクドールならまだしも、娘の遺骨や遺髪を使った人形ですからね」

「ああ、誰だってそう思うよな。だから邦彦教授は、遺言状を作成した」

　桐吾はパウンドケーキを飲みこんでから、

「内容はこうだ」と言った。

——わたしの〝娘〟を引きとり、半永久的に世話をしてくれる縁者に全財産を譲る。

条件は以下。

——みだりに娘を人目に触れさせぬこと。娘を誰にも譲らぬこと。とくに元妻のトキ子には渡さぬこと。

——わたしがしていたのとまったく同じに、娘の髪を毎朝とかし、ドレスとリボンを替え、祭壇に花と新鮮な果物を捧げること。

「つくづくおかしな話だよな。こうやって話してても、気持ち悪《わ》りいよ」

桐吾は坊主頭をがしがしと掻《か》いた。

「一応、遺産相続人には〝縁者〟が指定されていた。親類縁者の縁者だ。要するに遠近問わず、なにかしらの親戚であればいい、って意味だな。陣内家は係累がすくないから、幸か不幸か、候補者はたったの八人だった」

「ほう。そうして八人のうち二人が——」

部長がみなまで言うのを待たず、

「そうだ。おれと弟だ」

桐吾はうんざり顔でさえぎった。

「ほかの六人は、一顧だにしなかったそうだ。弁護士から話を聞かされるやいなや、その場でことわったらしい。そりゃそうだよ。従兄弟たちだって、それなりに裕福だもんな。あんなゲテモノの人形を、金と引き換えに抱えこむほど困っちゃあいない」

「でも、弟さんは違った？」

ずばりと部長が言う。

一瞬、桐吾の頬が引き攣《つ》った。数秒置いて、その顔の筋肉がふっとゆるむ。自嘲《じちょう》のこもった、あきらめの表情だった。

「そうなんだ。違った――」

声が低く落ちた。

「いや、誤解しないでほしい。ほんとうならうちだって、生活に困るような家じゃなかったんだ。だが弟の柳介《りゅうすけ》は……末っ子で、おれと違って甘やかされたせいかな、我慢のきかない子に育っちまった。あいつは、昔からそうだったんだ。ゲームをはじめれば、何十万と課金する。友達ができれば、見栄を張るため家のカードを盗んで散財する。また親父も母も、嬉々《きき》として柳介の尻拭《しりぬぐ》いをしやがるのさ。これまでにわが家が、あいつのためにいくら無駄金を遣ってきたか……」

「なるほど。富裕な陣内家と縁つづきの桐吾さんが、なぜ苦学生をしてらっしゃるのか、僭越《せんえつ》ながらわかった気がします」

部長が首肯した。

「だから弟さんは、遺産相続人に立候補したんですね？　人形がどれほど不気味だろうと、懐へ入るお金のほうを選んだ」

「ああ。身内の恥をさらすのもなんだが、あいつは去年から麻雀《マージャン》にハマってね。玄人を気取って、あり得ないレートで打ったらしい。馬鹿だよ。あんないきがった若造が一人で打ってたら、カモられるに決まってる……」

桐吾は深いため息をついた。

「家族が気づいたときには、百万単位でキャッシングされていた。冗談じゃない。いままでのケツ拭《ふ》きが祟《たた》って、うちにはもう昔みたいな余裕はないんだ。あいつが中退しちまった専門学校の学費だって、けっして安くなかった……。これ以上の不始末があれば、実家を担保にすることも考えないと」

「……すみません。ひとつ質問いいですか」

　森司は片手を挙げ、おそるおそる発言した。

「そんな弟さんに、人形のお世話なんてできますか？　だって毎朝髪をとかしたり、着替えさせたりしなきゃいけないんでしょう？　失礼ですが、話の断片を聞いただけでも、弟さんはマメなタイプとは遠いのでは」

「だよな。だがそこは――これも身内の恥だが、両親が協力を申し出た」

　桐吾が渋い顔で答える。

「『お金はあの子に相続させて、人形はわたしたちが通ってお世話する』と言いだしたんだ。柳介はいまだ、専門学校の近くで独り暮らし中だった。そのアパートへ毎朝、うちの母親が花と果物を持って通い、人形を着替えさせ、ついでに柳介の朝メシを支度して帰る……ってなわけだ」

「親馬鹿もいいとこですね」

　思わず森司は呆《あき》れ声を発してしまった。「あ、すみません」と慌てて謝る。

「いいんだ」

桐吾が苦笑した。

「きみの言うとおりさ。うちの親は馬鹿だよ。あいつに何度裏切られても懲りないし、どんなに舐《な》められようがあいつを見捨てられない。まあそこは、おれも人のこた言えないけどな。馬鹿な親だとわかっていても、いまだに縁を切れない……」

かぶりを振ってから、彼は顔を上げた。

「いや、すまん。愚痴を言ってる場合じゃないな。今日は、あるものを見てもらいたくて来たんだ」

彼の瞳《ひとみ》には、奇妙な畏怖《いふ》と焦りが浮いていた。

「あるものとは、弟の柳介だ。あいつと人形は先日、アパートから実家に引きとられた。いまは客間にいるが、中にはちょっと入れない――いや、近寄れないから、窓越しに様子を見てやってほしい」

「泉水ちゃんじゃ、駄目だったんですか？」

部長が問う。「うちの従弟《いとこ》が、先日お宅にうかがったはずですが」

「ああ、見せたよ。『わかりません』と言われた。『だがオカ研の後輩なら視えるかもしれないし、おれの従兄《いとこ》なら知恵が浮かぶかもしれない』とな。……なあ、頼むよ。いったい弟になにが憑いているのか、きみたちの目で見きわめてくれないか」

2

藍の運転で、一同は金沢家へ向かった。

「柳介の話によれば、はじめのうちは祭壇の遺影が倒れたり、花瓶やお供え物が床に落ちる程度だったらしい」

　フリードの後部座席で、桐吾はそう語った。

「だがあいつは、とくに気にしなかった。『風で倒れたんだろう』『夜中にトイレに行ったとき、蹴《け》ったかな？』くらいに考えていたそうだ。もともと粗忽《そこつ》でいい加減なやつだからな。１ＤＫのアパートにあんなでかい祭壇だから、通りすがりに足が当たってもおかしくないし……」

「では、最初に妙だと思いはじめたのはいつなんです？」

　助手席から部長が問う。桐吾が考えこんで、

「そうだな。柳介の口からはじめて『気色が悪い』と聞いたのは、祭壇ごと人形を相続して、一箇月が過ぎたあたりか」

「具体的になんと言ってたんですか」と森司。

「確かこうだ。『あの人形、世話をサボると生意気に怒るらしいぜ。気色悪《わ》りい。夜中にがたがた祭壇が揺れてやがった』と」

「でも毎日、お母さんが通って世話していたのでは？」

こよみが尋ねた。

桐吾は気まずそうに額を掻いて、

「最初はその予定だったよ。だが柳介が旅行に行ったり、女の家に泊まったりで、母がアパートを訪ねても入れない日が増えていったんだ。あいつは家族に合鍵《あいかぎ》を渡すのを、いやがっていたからな。そのせいで〝毎朝人形の世話をする〟という遺言の契約は、じわじわ反故《ほご》にされつつあった」

「それはよくないな」

部長が眉《まゆ》をひそめる。

「儀式の反復には、必ず意味があるんですよ。『青髭《あおひげ》』や『ノアの寝姿』『鶴女房』における〝見るなの禁忌〟と、『浦島太郎』や『パンドラの箱』『ペルセポネーの箱』などの〝開けるなのタブー〟が典型的だ。守るべき言いつけを破った者には、罰が下ると相場が決まっている」

「罰……。そうか、罰なんだな。確かに弟には、罰が下ったんだろう」

と肩を落とす桐吾に、

「いま、弟さんはどうしてるんです？」

森司は尋ねた。

うつむいたまま、桐吾がうつろに答える。

「……まるで別人だよ。アパートの住人から苦情が来て、おれがあいつを引きとりに行ったんだ。……弟は四つん這《ば》いで、室内をうろうろ歩いてやがった。おれが話しかけても、叱っても、よだれを垂らして犬みたいに唸《うな》るだけだった。いまはうろつくのはやめたが、悪化の一途だ。意思の疎通さえできない。たまにおかしなことは、ぶつぶつ言うが……」

「おかしなこと？」

「うわごとだよ。どこそこの人が事故で死ぬとか、病気になるだとか。気味の悪い、不吉なことばっかりだ」

「お医者には診せたんですか」

　ハンドルを操りながら藍が言う。

「診せたよ。ただし病院には連れていけないんで、往診してもらった。医者は、山ほど薬を出してくれてね。そのほとんどが鎮静剤だった」

　桐吾は片手で顔を覆って、

「――なのにあいつ、寝ないんだ」

と呻《うめ》いた。

「ただの不眠症とか、そんなんじゃない。ほんの一瞬も眠らないんだ。鎮静剤と睡眠薬を規定の三倍飲ませたって、まるで効かない。――信じられるか？　薬が効かないだけじゃなく、人間がまる二十日も寝ないだなんて……。そんなのは、生物としてあり得ないだろう」

「ですね。考えられない」

部長が言った。

「文献で読んだだけですが、世界には致死性家族性不眠症、という奇病があるそうです。この患者の大半は発症から一年足らずで昏睡《こんすい》に陥り、二年を待たず亡くなる。遺伝子異常による、脳神経細胞の蛋白質《たんぱくしつ》変性が引き起こす病のようです。つまり人間は寝なければ、現代医学をもってしても二年ともたないんだ。病気でもないのに、二十日以上一睡もしない人間というのは……想像もつきませんね」

「祭壇は、いまご実家にあるんですよね？　ご両親は大丈夫なんですか」

こよみの問いに、桐吾はうなずいた。

「ああ。まだ弟のような症状はあらわれていない。だが……」

すこし言いよどんで、

「だが、毎日地獄の夢を見るらしい」と声を落とした。

森司は尋ねかえした。

「地獄……？」

「馬鹿げてるだろ？　おれもそう思った。笑いとばそうとしたよ。『行ったこともないのに、なんで地獄の夢だってわかったんだ？　閻魔《えんま》大王《だいおう》や鬼でも出てきたのかよ？』ってな……」

しかし桐吾の両親は、「違う、そんなんじゃない」と首を振ったのだという。

――違うって、じゃあどうしてわかるんだ。

桐吾がそう問うと、両親は答えた。

――だって、見わたす限り亡者の群れだった。みな苦しんで、苦しんで……。しかも、終わりがなかった。亡者が果てなく苦しむなんて、あれは間違いなく地獄だ。

と。

数秒、車内がしんと静まる。

桐吾は首をうなだれた。

「うちの親は、こうも言ったよ。『柳介が予言したとおりに、角のサトウさんが亡くなった。イダさんの娘さんは事故に遭った。こんなのは普通じゃない。きっと陣内教授は、地獄に落ちたんだ。娘の遺骨で人形を作ったりして、まともに成仏させてやらなかったせいだ。死者を冒瀆《ぼうとく》したから、罰《ばち》が当たった。わが家はそのとばっちりを食ったんだ……』だとさ。よく言うよ。自分たちだってわが子可愛さに、金に目がくらんだ身のくせしてな」

まったく、ほとほと情けねえよ――と、彼はせつなく声を詰まらせた。

「人形を手放すことはできないんですか？」

桐吾が顔を上げるのを待って、森司は遠慮がちに尋ねた。

桐吾が眉間《みけん》を押さえる。

「だよな、そう考えるのが普通だよな。正直言っておれも、それが一番いいと思うよ。だが、いまだに親はうんと言わねえんだ」

「なぜです。遺産の相続が無効になるから？」

「まあ、そういうことだ。それに遺言じゃあこういうことになってるのさ。『相続人には、娘を一年以上世話した実績ができたときに遺産の百分の一を譲る。三年世話した実績ができたときは、遺産の五十分の一を譲る。五年世話したならば――』とな」

「そうか。はなから遺産すべてをもらってしまえば、その後、人形をないがしろにする未来は見えてますものね」

「ああ。さすが教授だよ。おかげでうちの親は『ここまで世話したんだから、せめて百分の一でももらわなけりゃ損だ』という心境になっちまってる。だから教授の元奥さんからの電話にも、毎回けんもほろろな応対だ。典型的な〝損切りできない人間心理〟にハマっちまったのさ」

　そう苦にがしげに、桐吾は唇をゆがめた。

　金沢桐吾の生家は、木造二階建ての日本家屋であった。

　門構えは立派で庭も広い。しかし、どことなく荒廃していた。よくよく見れば枝ぶりのいい松も、山査子《さんざし》も、病気で枯れかけている。郵便受けから溢《あふ》れた数日ぶんのダイレクトメールが、風防室の床に乱雑に散らばっていた。

　桐吾はその封筒をかき集めてから、

「すまない。玄関じゃなく、こっちにまわってくれるか」

と手まねいた。オカ研一同は言われるがまま、庭をぐるりと迂回《うかい》して屋敷の裏手へとまわった。

「ここが客間の窓だ」

　カーテンが九割がた閉まった窓を、桐吾が親指で示す。

「弟の柳介は、この向こうにいる。塀と庭木で外から一番見えづらいんで、客間《ここ》を幽閉場所にしたのさ。ただしカーテンをすこし開けて、庭からは確認できるようにした。家族さえ、入れない状態がつづいてるからな。無理に入ると、嚙《か》みつこうとしてきやがる。まるで野犬だ」

「食べものや水はどうしてるんです？」

　森司は訊《き》いた。

「扉の隙間から差し入れてるよ。だが、あいつは……どうやら、飲まず食わずでいられるらしい。排泄《はいせつ》している様子もない。寝ない。食わない。排泄しない……。こんなこと言っちゃいけないが、そう頭じゃわかってるが――」

　ごくりと桐吾はつばを飲みこんで、

「まるで、死体が動いてるみたいだ」

と呻いた。

黒沼部長が一歩退いて、「八神くん、どうぞ」と彼に場所を譲った。

森司はこわごわと窓の前へ進んだ。泉水がいないなら、この場に〝視える〟部員は彼しかいない。正直言って逃げたかった。だが、拒めない状況であった。

カーテンが十センチほど開いている。

その隙間から、森司はそっと首を伸ばして室内を覗《のぞ》きこんだ。

一昔前の洋風客間、といった趣の部屋だ。厚ぼったい絨毯《じゅうたん》が敷かれ、天井からはシャンデリアが下がっている。

コの字形のソファセットとガラスのテーブルは、壁の隅に寄せられていた。反対側の壁際には布団が敷いてある。そしてその布団の上に――。

「うわっ」

声を上げて森司は飛びのいた。

布団の上に、一人の男が突っ立っていた。

ただ立っているのではない。全身を強張《こわば》らせ、棒のようにぴんと直立していた。体の両脇に付けた手は、指さきまで硬く張りつめている。

男はやや仰向《あおむ》き、目を見ひらいていた。だが意識があるとは見えなかった。まばたきひとつしない。土気いろの口はうつろにひらかれている。まるで石の彫像だ。突っ立った姿勢で、微動だにしない。

後ろにたたらを踏んだ森司を、藍が瞬時に腕で支える。

「八神くん、視えた？　どうだった？」横から部長が尋ねた。

「み、視えました……けど」

森司は額の汗をぬぐった。一瞬にして噴きでた、粘い冷や汗であった。

「すみません。——わかりません」

吐息とともに言葉を押しだす。

「なにか黒いものが、彼のまわりを、いや、部屋全体を取り巻いてます。正体はわからない。でも、すごく悪いものです」

「悪い……」

部長が鸚鵡《おうむ》がえしに言う。

「曖昧《あいまい》な言いかたですみません」森司は謝ってから、

「でもそれ以上は、ほんとうにわからないんです。視えないと言うより、おれごときじゃ、ことの全容を把握しきれない。ひとつ断言できるのは、ただの幽霊や地縛霊のたぐいじゃなさそうだ、ってことだけです」

「……泉水にも、そう言われたよ」

桐吾が低く言った。

「『あれがなんなのか、おれには判断できません。だが、自分と相性がよくないだけの可能性もある。オカ研の後輩なら視えるかもしれない。話だけ通しておくから、近日中に部室を訪ねてください』と。……だが、やっぱり同じなんだな。把握しきれない、か。

そうか――」

彼の背後で、山査子がざわりと風に揺れた。

3

それから二日後の夕方。

森司はスーパーの買い物袋を提げてアパートに帰宅した。

「今日は白菜と釜揚《かまあ》げしらす、粉末のカップスープが安かった。だいぶ寒くなったから、鍋《なべ》系の野菜が出まわってきたんだな。ありがたい……」

つぶやきながら靴を脱ぎ、買い物袋と帆布かばんを床に置く。

――冬が来るなあ。冬のイベントといえばクリスマスだが、しかし。

今年のイヴもこよみちゃんとデートは無理そうだ、と当時二年生の森司は嘆息した。

冬が目前だというのに、いまだ彼女とさしたる進展はないままだ。おまけに森司はいま、簿記二級の試験を来週にひかえる身である。

こよみの父に手ずから教えてもらっておいて、「不合格でした」では申しわけが立たない。それにこの機会に、すこしでもいい印象を与えておきたい。

「まずはクリスマスより試験勉強だよな。よし」

自分に気合を入れ、森司は二分の一にカットされた白菜を袋から取りだした。

今夜はこの白菜を、ベーコンと玉葱《たまねぎ》とで炒《いた》めてスープにするつもりだ。ベーコンの消費期限が過ぎたし、玉葱の芽もだいぶ伸びてきた。早く使いきってしまいたい。

主食はトーストにしよう。釜揚げしらすを、チーズトーストにぱらりと載せて……と、献立を頭の中で組み立てていたそのとき。

ぞくり、と悪寒が背を走った。

あまりの衝撃に、一瞬、森司はその場でよろめいた。肩が壁にぶつかり、あやうく踏みとどまる。

体勢を立てなおしたときには、すでに悪寒は去っていた。

——なんだ？　いまの……。

森司は首をひねった。

覚えのあるような、ないような感覚だ。二の腕に触れてみると、まだ鳥肌が残っていた。二、三度腕を擦《さす》ってから、白菜をまな板に置く。

泉水から電話があったのは、数分後だ。炒めた具材に水と牛乳を加えて煮立たせ、さらにカップスープの粉末を投入した直後であった。

「はい、八神です」

「おれだ。——おい、すこし前、おかしな寒気がしなかったか？」

このところ泉水はバイトと研究が忙しいらしく、部室に顔を出していない。ひさしぶりに聞く声だった。

「しました、寒気！　え、もしかして泉水さんもですか？」

「ああ。例のやつだろう。おれもおまえも〝視た〟からな」

意味ありげに泉水が言う。

その言葉に、ようやく森司は思い当たった。覚えがあるような、と感じたのも当然である。つい二日前、金沢桐吾の実家で視たあれだ。同じ感覚だ。

「じゃあ金沢さんに、なにかあったとか？」

「おれもそう思ってな。たったいま、電話して話したとこだ。なんでも今日、先輩はくだんの人形と祭壇を別の場所へ〝移した〟らしい」

「移したって……どこにです？」

「それが、桐吾先輩が預かることになったんだ。あの人は実家を出て、独り暮らし中だ。そのワンルームアパートに、無理やり設置したそうだ」

泉水はつづけた。

「先輩からそれとなく聞いただろうが、あの人は実親と折りあいがいいとは言えん。その親に『弟から障りを引き離したい。しばらく預かってくれ』と乞《こ》われて、渋しぶ承諾したようだ。そして、実家から人形の祭壇を運びだしたのがつい数十分前。あの部屋で十数日も立ちっぱなしだった弟が、ぶっ倒れたのが――」

「おれたちが寒気を感じた瞬間と同時、ですか」

「そうだ」

泉水の口調は忌々しげだった。不快感がはっきり滲《にじ》んでいた。

「だがまあ、おまえが無事だったならいい。つづきは明日、部室で話すぞ。いま説明すると通話料がかかっちまう」

「了解です」

森司が応《こた》えると同時に、電話は切れた。

視線を落とすと、手もとの鍋では野菜とベーコンが盛大に煮立っていた。慌てて森司はコンロの火を消した。

4

約一週間ぶりにオカ研の部室へあらわれた泉水は、眉間《みけん》に刻みこんだような皺《しわ》を寄せ、腕組みしていた。

「……言っておくが、おれは一応説得したぞ」

椅子に腰を下ろそうともせず、仁王立ちである。

「預かるなんてやめろ、遺産をあきらめないなら人形はせめて親もとへ置いておけと、桐吾先輩に何度も言ったんだがな。だが先輩は、『親の頼みだからことわれない』『弟は教授の言いつけを破ったから、ああなったんだ。おれは絶対に守る。大丈夫だ』と言って聞かねえんだ」

「桐吾さんは、親に愛されたいんだねえ」

部長が悲しそうに言った。

「おそらく客観的には、桐吾さんのほうがだんぜん出来がいい。なのに両親はそんな彼をほったらかして、弟さんのほうに無駄な学費を注ぎこみ、ギャンブルでこさえた借金を尻拭《しりぬぐ》いしてやるんだ。やってられないよね。友人や恋人にこれほどないがしろにされたなら、即座に縁を切るところだ。――でも相手が親となれば、そうはいかない。親に愛されなかった子は、心の傷を長い間引きずってしまう」

「どうして金沢さんの親は、そんなに弟さんばかり可愛がるんでしょう？」

森司は尋ねた。

泉水が吐息まじりに、

「おれも断片的に聞いただけだがな。先輩の弟は、ほんとうなら双子だったらしい。だが出産時の合併症がもとで、片方は生後まもなく死んでしまった。親は『この子だけは死なせるものか』と、残る一人にかかりきりになったようだ。結果、長男である桐吾先輩の養育は二の次になった。親の献身の甲斐《かい》あって弟は生きのびたが、愛情の偏りは、いまだ正されないままってわけだ」

「だからって実家から追いだしたり、学費にまで差を付けます？　残酷すぎますよ。そういうのって、養育放棄《ネグレクト》に当たらないんですかね」

「幼少期は、確かにネグレクトに近い状態だったらしい。見かねた近隣の住民に食事を分け与えられたり、風呂《ふろ》に入れてもらったりしたそうだからな。それがまた、さらなるあだになった。先輩の父親は『この子のせいで近所じゅうに恥をかいた』と疎み、母親は『自分が育てた実感がないから、可愛くない』と言いきった」

「ああ、そこまでこじれちゃってるんですか……」

森司は嘆いた。

「残念ながら、親ってのは免許制じゃないもんね。親になる資格のない人でも、やることやれば親になれちゃうのが悲劇のもとよ」

と、悟ったような口ぶりで藍が言う。

「ところで泉水ちゃんと八神くんは、金沢家でいったいどんなものを視たの？　二人とも『よくわからない』の一点張りだけど」

「うーん……。なんというか、口で表現しにくいんですよ」

森司は言葉に悩んで、泉水を見上げた。

「なんなんでしょうか、あれは？　死んだ娘さんの霊じゃない、とは思うんですが」

「だな。幽霊ではなかった」

泉水がうなずく。

「桐吾先輩の親の言葉を借りるなら〝亡者〟ってやつか。それがいまのところ、一番しっくり来るな。すくなくとも、一人や二人の霊魂じゃなかった」

「幽霊と亡者ってどう違うの？」と藍。

泉水が考えこんでから、

「あの世に行けず、そのへんをさまよっているのが幽霊。すでに地獄を知っている者が亡者——か？　大雑把な区分だが、おおよそそんなもんだろう」

と言う。

藍が顎《あご》に手を当てた。

「そもそもどの段階から、亡者どうこうが関与してたのかしら。まさか邦彦教授の娘さんが亡くなった事故も、今回の件と無関係じゃない、とか……？」

その疑問に「どうだろうね」と応えたのは部長だった。

「情報が足りなすぎて、まだ推論できる段階じゃないよ。とりあえず、娘さんが十五年前に事故死したときの記事をネットで探しといた。もちろん本記事はとっくに消えてたけど、キャッシュが残ってたからね」

ノートパソコンをくるりと回し、部長がモニタを部員たちに向ける。

森司は身をかがめて液晶を覗《のぞ》きこんだ。

『十二日午前十時四〇分ごろ、高平《たかひら》区沫江《まつえ》町二丁目において、陣内知芹《ちせり》ちゃん（9）が自宅の三階の窓から転落した。知芹ちゃんは約七メートル下のコンクリートで舗装された路面に転落し、首の骨を折って死亡した。

警察によると、近くにいた父親が物音に気付いてベランダの下を覗いたところ、木製の雨戸とともに知芹ちゃんが転落していたという。窓の大きさは縦約一三〇センチ、横約八〇センチ、床からの高さは約九〇センチ。警察は知芹ちゃんがみずから上り、誤って落ちたと見て、事故の状況をくわしく調べる方針――』

藍がふうと息を吐いた。

「子供が亡くなるのって、ほんといやね。やりきれない」

「だねえ」

と部長が同意する。

「でもこれで、事故の状況は一応把握できた。不謹慎を承知で言えば、子供が幽霊になりやすいシチュエーションの事故だと思うよ。あっという間のことで、知芹ちゃんは自分の死を自覚できなかった確率が高いからね」

「……こんな言いかた、不謹慎かもしれませんが」

低く、こよみが口を挟んだ。

「わたし、〝これこそ、陣内トキ子教授のご意見をうかがいたい事案だ〟と思ってしまいました。トキ子教授は比較神話学および民俗学が専門で、かつ精霊や祖霊信仰を足がかりとした論文が多かった。オカルティズムにも造詣《ぞうけい》が深く、独自の意見を持っていらした方です」

「そうそう。土着信仰型怪談の類型と分布や、神智学とスピリチュアリズムの親和性など、興味深い内容ばかりだったね」

部長は嬉々《きき》と相槌《あいづち》を打って、

「こんな状況でなきゃ、ぼくだってお会いしてみたかったよ。確か雪大《うち》でも、十年ほど教鞭《きょうべん》を取っていたはずだ。その頃まだぼくは小学生だったけど、一度くらい講義を受けてみたかっ……」

そこで言葉を切り、かぶりを振った。

「だめだ。また脱線しちゃうな、話を戻そう。えーと泉水ちゃん。問題の人形は、直接見れたんだよね？　いや直接というか、もちろん窓越しだろうけど」

「一応見たな。八神は？」

「見た……と思います。えーと、赤っぽいドレスを着て、祭壇のてっぺんに座ってました。足を投げだす感じで」

「あたしも八神くんを支えたとき、ちらっとだけ見えたわ」と藍。

「赤というか臙脂《えんじ》のドレスね。裾《すそ》が広がった、フリル満載のプリンセスライン。髪には同色のリボン」

「おれのときは、青系の服だった気がする。実家に引きとってからは、先輩の親が毎朝きっちり着替えさせていたようだ。被害が弟で食い止められたのは、そのおかげかもしれんな」

「で、その弟さんはいまどうしてるの？」と藍。

泉水が応えて、

「ぶっ倒れてからは、一転してずっと寝付いているそうだ。衰弱がひどい上、足の裏がぼろぼろだったとよ。まあ飲まず食わずで、体重移動することなく何日も同じ姿勢でいたんだから当然だが——。その後は寝がえりを打たず昏々《こんこん》と眠ってるんで、親がときおり体位変換してやっているらしい。床ずれ防止のためだな」

と言う。

「あのう、いま思いついたんですが」

こよみが片手を挙げ、発言した。

「娘さんが亡くなったのが十五年前なら、その当時、陣内トキ子教授はまだ雪大にいたはずです。ということは大学から出した御香典やお花代が、会計記録に残ってるかもしれません」

「おっ、それだ。さすがこよみくん」

部長が得たりとうなずき、森司に向きなおった。

「八神くん、きみ学生課の馬渕《まぶち》さんと親しいよね。当時の葬儀に出席した記録や職員名簿が残ってないか、訊《き》いてみてくれない？」

5

その日は朝から蒸し暑く、不安定な天候だった。

本州に台風が接近していたせいである。十月下旬だというのに最高気温も湿度も、晩夏と変わらぬほど高い。外へ一歩出ると、ぬるく湿った空気が体にまとわりついた。

陣内知芹の葬儀に出席した元職員は、残念ながら全員が定年退職済みだった。各々の自宅へ訪問してみる。一人目は「なにも知らない」との返答であった。

二人目は玄関先までしか入れてくれなかったが、

「後味のよくない葬儀だった」

「陣内夫妻が棺の前で言い争って、大騒ぎになった」とは、かろうじて洩《も》らしてくれた。

饒舌《じょうぜつ》に語ってくれたのは、三人目だ。

彼はオカ研一同の訪問にいやな顔ひとつせず、

「若い人たちが来てくれるなんて、ひさしぶりで嬉《うれ》しいなあ」

と相好を崩して歓待した。

黒沼部長はこういう際、適当な言いわけでごまかしがちだ。しかし今回は、正直に訪問の理由を明かした。

「じつは知人が、亡くなった陣内邦彦教授の遠縁でして。娘さんを模した例の人形を譲り受けることになったんです。ぼくらとしてはことわってほしいんですが、止めても聞かないんですよ。だからお願いします。あの人形や知芹ちゃんの事故について、すこしでもご存じのことがあれば教えていただけませんか？」――と。

元職員は禿《は》げあがった頭を何度も撫《な》でて、渋面で唸《うな》った。

「ううん、そうか。あの人形を……。いや、邦彦先生の訃報《ふほう》はもちろん聞いたが、まさかそんなことになっていたとはな」

「失礼ですが、ご葬儀には出席されましたか」

　部長が問う。

「いや、遺言で密葬になったんだ。元妻のトキ子先生ですら、没後一週間以上経ってから死を知らされたらしい。てっきりあの人形は副葬品として、先生の棺《ひつぎ》に入れたのかと思っていたよ」

「人形の実物を、ご覧になったことはあります？」

「あるよ。……と言っても、たったの一度きりだがね」

　元職員は茶をがぶりと呷《あお》った。

「正直、気分のいいもんじゃなかった。知芹ちゃんそっくりの顔をして、知芹ちゃんと同じ服を着て……。それだけじゃない。髪は本物の遺髪で、歯も本物を削って嵌《は》めこんであった。胴体の空洞部分には、爪と遺骨を詰めたそうだ」

　語る面《おもて》に、嫌悪が浮かんでいた。

「あんなことはしちゃいけない。どうして先生ともあろうお人が、ちゃんと娘を葬ってやらなかったんだかなあ。作製を引き受けた業者もどうかしてる。あんなしろものは、死者への冒瀆《ぼうとく》だよ」

「知芹ちゃんは事故で亡くなったんですよね」部長が言った。

「新聞記事によれば、その場には邦彦教授がおられたそうですが」

「ああ」

うなずいてから、元職員はかぶりを振った。

なにか言いかけて言葉を呑《の》む。口に出していいものか、ためらっている様子だった。

やがて意を決したように、彼は声を押しだした。

「こんなことは、他言しちゃいけないが——いけないとわかっているが、あの人形をきみたちの知人が相続するとなれば、話は別だな。……先生は、もう亡くなった。死者の尊厳は守るべきだが、生きてる人間のほうが大事だ。よし、話してしまおう」

そこで彼は声をひそめて、

「邦彦先生は、知芹ちゃんがほんとうに自分の子かどうか、疑っていなすったんだ」

と告げた。

「自分の子かどうか……？　疑う理由があったんですか？」

「わからん。だがあの子をみごもったとき、トキ子先生は四十六歳。邦彦先生は四十九歳だった。お二人とも初婚で、しかも初産。いくら医学が発達していようが、高齢出産だったことは間違いないな。そしてトキ子先生は妊娠当時、フィールドワークで国内外を飛びまわっていらした」

「それだけ？　そんなことじゃ、不貞の根拠にはなりません」

「むろんだ」

元職員は即答した。

「わたしだってそう言ったよ。だが邦彦先生は……わたしにそう打ちあけたとき、酔っていなすった。あんなに深酔いした先生を見たのははじめてだったよ。べろべろだったよ。そうして、何度も何度も言うんだ。『自分の子だという気がしない』『どうしても、心から愛せない』ってね」

「顔は、どうだったんです。教授に似ていなかったんですか？」

「トキ子先生の面影はあったよ。だが、うーん……。邦彦先生には、あまり似ていなかったかもしれない。知芹ちゃんはたいした美少女だったからな。生前から、まさにお人形みたいな子だった」

「亡くなったときは、わずか九歳。ええと、小学三年生ですかね？」

「だったと思う。確か、夏休みの真っ最中に起こった事故だったな」

元職員は遠い目になって、

「トキ子先生は不在で、家には知芹ちゃんと邦彦先生の二人きりだったらしい。知芹ちゃんが生まれてからというもの、トキ子先生は絶好調でね。学術誌に論文を次つぎと発表していた。門外漢のわたしにはよくわからんが、専門家から高い評価を得ていたそうだ。逆に、邦彦先生は研究への意欲を失っていくように見えた。トキ子先生との共同研究で、伝説がどうとかいう論文が最後の発表じゃなかったかな。だからあの時期の邦彦先生は、すでに半分引きこもりみたいな生活を送っていなすった」

元職員の声音には、かすかな含みがあった。

部長が尋ねる。

「ここだけの話、事故には不審な点があったんですか？」

「わからん」

元職員は首を横に振った。

「わたしゃあ事故の現場にいたわけじゃないし、警察でもないからな。確かなのは、葬儀の席でトキ子先生が『あなたが殺した』と邦彦先生をなじったことだけさ。いや、正しくは『あなたが殺したに決まってる』と言ったんだ。普段のトキ子先生からは、想像もできない半狂乱ぶりだった。あの歳になって、ようやくできた子を亡くしたんだから当然だろうが……」

「『殺したも同然だ』と言ったのではないんですね？」

部長は確認した。

「『あなたが殺したに決まってる』と？」

「ああ。そう信じきった口調だった。出席者はみな、『落ちついて』『本気で言ってるんじゃないですよね？』とトキ子先生をなだめていたよ。だがわたしは、邦彦先生から例の愚痴を聞かされたあとだったからな。その輪には加われずじまいだった。どうにも、一抹の疑念がぬぐえなくてね」

「だとすれば邦彦教授は、事故を装って知芹ちゃんを窓から――？　そこまでするほど、教授は精神的に追いつめられていたんでしょうか？」

「さあね。だが、様子がおかしかったのは間違いないよ。……知芹ちゃんは可愛いだけじゃなく、飛びぬけて賢い子だった。あの利発さはどう見たって二人のお子さんだと、わたしゃ太鼓判を押したんだがなあ」

　元職員は冷めた茶をまずそうに啜《すす》った。

「ではどうして、邦彦教授は遺髪や遺骨から人形を作ったんでしょう？」

　藍が口を挟んだ。

「おまけに毎日着替えさせて大事にし、人形を守るためのセキュリティまで固めていたそうじゃないですか。娘さんを愛していなかったのなら、いったいなぜ？」

「だよなあ。そこがわからないんだ」

　元職員は腕組みした。

「邦彦先生の奇行を知っても、たいていの人は『それほどまでに愛していたのか』と同情的だった。『五十歳近くなって恵まれた子を、たった九つで亡くしたら無理もない』とね。だがわたしは、理解も納得もできなかった。生前の邦彦先生の言動と、食い違いすぎていてね」

「トキ子教授は、人形の作製に反対しなかったんでしょうか？」と部長。

「どうだろうな。わたしが知ったときは、すでに人形はできあがっちまってた。知ってるのは、人形をめぐってお二人が争ったってことだけだよ。だが邦彦先生は、頑として譲らなかった。『絶対におまえには渡さない』の一点張りでね」

「ご夫妻が離婚されたのは、いつ頃です？」

「四十九日が明けた直後くらいかな。その後は、知ってのとおりさね。邦彦先生は人形とともに引っ越し、隠居してしまった。トキ子先生もまた、自分の故郷へお帰りなすった」

元職員は肩を落として呻《うめ》いた。

「結局、誰も幸せにならなかったんだよ。誰もね。まったく気の滅入る話さ。……ともかく、きみらの知人には絶対に相続するなと伝えてくれ。いま話したとおり、先生夫妻の業を背負った人形なんだ。親戚《しんせき》程度の関係で、おいそれと引き受けるようなもんじゃあない」

元職員に礼を言い、一同は屋敷を出た。

部長が路上でスマートフォンを覗《のぞ》き、「あれ」と小声でつぶやく。

「どうした？」

「ううん、ちょっと変わったニュースを見たもんだから」

泉水の問いに部長は手を振って、

「それより、いまの話を早く桐吾さんにも伝えたほうがいいね。どうやら想像以上に込み入ってる。あの人形にこもっているのは、愛情深い父親の妄執じゃないようだ。遺骨や遺髪にこめた強い感情が亡者を引き寄せた――なんていった、単純な話におさまらないらしい」

「ちょい待て。いまから行っていいか、先輩に電話して訊《き》く」

泉水が自分の携帯電話を取りだした。番号を呼びだし、コールする。ハンズフリーに切り替える。

　ぷつっと音がし、桐吾が応答する気配がした。

「桐吾先輩？　おれです」

「ああ、泉水か」

　声がうわずっている、と森司は気づいた。あからさまな早口だ。電話を歓迎していないことが伝わってくる。泉水もそれは察したはずだが、気づかぬふりでつづけた。

「いま家ですか？　行っていいですか」

「いや」間髪を容《い》れず、桐吾が言う。直後に彼は声を低めた。

「いや、――いまはだめだ。またにしてくれ。すまん」

「どうしたんです」

「じつは、その……弟が来てる」

　弱りきった口調だった。

「さっき突然来たんだ。それがどうも、様子がおかしくて……。いや、聞かなかったことにしてくれ。おまえらに迷惑がいくといけない。それじゃ――」

「すぐ行きます」

泉水は短く告げ、通話を切った。

6

桐吾のアパートへ着いて、森司は目を見ひらいた。

建物があまりに古かったからではない。壁のほとんどが蔦《つた》に覆われていたせいでも、割れた窓ガラスが段ボールで補修されているからでもなかった。

二階の一室からもうもうと噴きあがる、黒煙を見たせいであった。

「火事⁉」

「先輩の部屋だ」

泉水と並んで、森司は走った。

外付けの階段を駆けあがる。のぼりながら、目で消火器を探した。どんなに古かろうが、賃貸物件にはひとしく消火器等を設置する義務がある。

「あった！」

黒煙の向こうに、『消火器』の表示札が見えた。電気メーターのすぐ隣だ。

森司は泉水を追い越し、消火器に飛びついた。それを視認した泉水が、桐吾の部屋の扉を蹴《け》破《やぶ》る。木製の戸板が、派手な音を立てて割れた。

割れた板を飛び越え、森司は室内に入った。

煙でろくに見えない。かろうじて火元と思われる方向に消火器を向け、安全ピンを引き抜く。ホースの先端を右手で持ち、左手でレバーを強く握った。

消火用の薬剤が、凄《すさ》まじい勢いで噴きだした。反動で体が後ろにのけぞる。

室内から、かすかな呻き声がした。

「金沢さん!?」

「先輩！」

泉水が駆け寄り、桐吾を抱え起こす。

それと同時に、藍が部屋に駆けつけた。彼女は腕に二本目の消火器を抱えていた。やみくもに薬剤を撒《ま》き散らしていた森司より、よほど手際よく残りの火を消し止めていく。

さらにこよみが、三本目の消火器を持ってあらわれた。

「八神先輩、これも！」

「ありがとう」

その頃になると、さしもの森司も冷静さを取りもどしていた。藍の手際にならい、見よう見真似で鎮火していく。おかげで十分と経たず、火は完全に消えた。

森司は息をつき、薬剤まみれの部屋を見まわした。

八畳ほどの1Kアパートである。築何十年かもわからないが、昭和の頃に建てられたのは間違いないだろう。土壁に、ビニールタイルの床だ。

その床に、若い男がうつぶせに倒れていた。

上下とも寝間着のようなスウェット姿だ。こいつが弟の柳介だな――と、内心で森司は察した。

柳介の背後には、人形用の大きな祭壇が、襖《ふすま》を塞《ふさ》ぐようにして飾られていた。

どうやら祭壇に掛けられた敷布が火元らしい。木製の祭壇と、敷布のほとんどが無残に焼け落ちている。しかしそれ以上に被害が大きいのは、肝心の娘人形のほうであった。髪とドレスが焼失し、焦げた顔面に大きな亀裂が走っていた。

「おーい。みんな大丈夫？」

部員たちからだいぶ遅れて、黒沼部長が入ってきた。泉水に抱えられた桐吾に気づき、急いで床にしゃがみこむ。

「桐吾さん、怪我はないですか？」

「……ああ。煙を吸った、だけだ。それより、弟を……」

「こっちは、気を失ってるだけみたい」

柳介の横へ片膝《かたひざ》を突いた藍が、そう請けあった。

「かるい火傷《やけど》は負ったようだけど、ちゃんと呼吸してる。脈も確かよ」

「そうか。よかった……。あいつ、人形の顔にひびが入った瞬間、すごい声をあげて倒れて――。し、死んだのかと思った。よかった……」

「なぜ出火したんです。まさか弟さんが、火を付けたんですか？」部長が問う。

桐吾は、力なくかぶりを振った。

「違う。……柳介が、あいつが無理やり、人形を持っていこうとして……。止めようとしたとき、敷布がひとりでに燃えあがったんだ……」

　藍が敷布の燃え残りに鼻を近づけた。

　途端に「うわ」と顔をしかめる。

「これ、アロマオイルに引火したときの臭いだわ。たぶん柑橘《かんきつ》系のアロマね」

「そうか」

　部長が指を鳴らした。

「桐吾さんが言ってたもんね。弟さんが外泊したり旅行したりで、『親がアパートへ入れない日が何日かあった』と。たぶん弟さんは花と果物を捧《ささ》げる代わりに、フルーツやフローラル系のアロマオイルを焚《た》いてごまかしていたんだろう。その際に、敷布にオイルを何度かこぼしたんだ」

　部長は柳介を見下ろして、

「弟さんの部屋はきっとエアコン完備で快適だっただろうし、実家の客間も日陰だったから、いままでは問題なかった。でも兄の桐吾さんが人形を預かり、お世話することになってしまった。残念ながらこの部屋は西日がもろに当たるし、エアコンもない。今日みたいな暑い日に、布に染みて酸化した油が陽光で炙《あぶ》られたなら――」

「なるほど。酸化熱の蓄積で発火したわけか」

　泉水があとを引きとった。

「天ぷら油や固形燃料が、時間差で火事を引き起こす典型的なパターンだ。……それはそうとして、弟の目的はなんだったんだ？　人形を奪いかえして、こいつはどうするつもりだった？」

「さてね。それは彼が意識を取りもどしてからでないとわからない。でも人形にひびが入った途端に倒れたあたり、なにかに操られた可能性が高そうだ」

と部長が肩をすくめる。

通りの向こうから、消防車のサイレンが近づきつつあった。

*　*

その火事から約半月後。

金沢桐吾からは丁重な礼とともに、「親に勘当された」との後日談が語られた。

人形を台無しにし、柳介が遺産相続の権利を失ったことが理由らしい。「弟のために人形の世話ひとつできないのか、役立たず」「柳介の将来をどうしてくれるの」と、さんざんなじられた末での勘当だったそうだ。

「それは……ひどいですね」

言葉を失った森司に、

「いやあ、いいんだ」

と桐吾は、案外からりとした様子であった。

「向こうから勘当してくれたおかげで、いっそ踏んぎりが付いたよ。……こう言っちゃなんだが、おれはいつも心のどっかで、親から離れる大義名分を探していたんだと思う。これでようやく楽になれたよ。もう親の愛情欲しさに、実家に通って顔いろをうかがわなくていいんだ」

一方、柳介はあのあと病院に搬送され、翌日に意識を取りもどした。

藍の診立てどおり、かるい火傷のみの軽傷であった。退院後、憑《つ》きものが落ちたように柳介はおとなしくなり、ギャンブルもすっかり止めたという。

そして当の娘人形は、現在は寺にいるらしい。

柳介を「相続の資格なし」と断じた邦彦教授の弁護士が、人形の引きとりを拒否したからである。彼いわく、

「その件については任されておりません」

だそうだった。しかたなく柳介が人形供養を請けおう寺へと赴き、経を上げてもらって、来年のお焚き上げ期まで保管を頼んだそうだ。

「結局、あの人形はなんだったの？」と藍。

「いろいろ謎のままに終わったね」

部長が苦笑した。

「なぜ邦彦教授は、娘の遺骨と遺髪で人形を作ったのか。娘を愛せないはずだったのに、

なぜその娘を模した人形だけは慈しんでいたのか。そして当の娘は、教授の実子だったのか否か――。わからないことだらけだ。でも依頼人である桐吾さんが、もう満足しちゃったからなあ。彼の望みどおり弟さんは怪異から解放され、彼自身も家の呪縛から解きはなたれた」

「一件落着だな。依頼人がすっきりしたなら、それでいいだろう」泉水が言う。

「ですよね」

森司は心から同意して、

「トラブル相談なんだから、トラブルさえ消えればオールオッケーじゃないですか」

と締めくくった。

かくして謎をいくつか残し、歯切れはよくないながらも、娘人形の相続騒動は幕を下ろしたのだ――。

いったんは。

7

そして時間の針は一年進み、ふたたび今年のイヴへと戻る。

こよみとともに、森司は映画館にいた。

中央寄りやや後列の、なかなかいい席である。手もとには冷えたSサイズの烏龍茶《ウーロンちゃ》と、塩ポップコーン。隣席にはこよみが座り、眼前のスクリーンに映しだされる映画はおりしも佳境に入ろうとしていた。だが。

森司は動けずにいた。

正確に言うと、固まっていた。

なぜなら思った以上に――いや予想の三倍、もしかしたら十倍、映画にラブシーンが多かったからだ。

最初のうちはよかった。主人公とヒロインが誤解を重ね、すれ違う場面ばかりだった。しかし誤解がとけて想いを確かめあい、障害が主人公の過去のみになってからは、歯止めが消えた。一言で言って、えらいことになった。

二分に一度はキスシーンが挿入される。十分に一度は、さらに濃厚なシーンが繰りだされる。森司の体感では〝連発〟の域であった。

しかも、ひとつひとつのシークエンスが長い。どうしてこれでR‐15指定でないのか不思議でならない。

――なぜだ。純愛映画じゃなかったのか。

冷や汗をたらしつつ、森司は思った。

――大人の純愛、ってそういうことか。だが待て。〝純〟ってなんだ？　ピュアを意味するんじゃないのか。プラトニックとは違うのか。まさかおれの〝純〟の概念は、世間一般と異なっているとでも言うのか。

混乱しつつ、森司は映画を観つづけた。

というより観るほかなかった。

隣のこよみを、こっそりうかがうこともできない。素早く横目で見やることすら、恐ろしくてできなかった。

――なぜこんないやらしい映画を選んだの？　とおれに呆《あき》れていたらどうしよう。いや呆れるならまだいい。問題は「セクハラだ」とショックを受け、おれに立腹している可能性だ。

もしそうなら、おれはどうすればいいのだ。知らなかった、という言い抜けは果たして可能か。ネットのあらすじ紹介を鵜呑《うの》みにしたおれが愚かだった、ごめんなさい。そんな弁解で、彼女は納得してくれるだろうか。

森司は悩んだ。懊悩《おうのう》した。

しかしそんな彼を嘲笑《あざわら》うかのように、画面ではヒロインと主人公がまたも熱い接吻《せっぷん》を交わしていた。その上ヒロインは色っぽい下着姿であり、彼らの背後には巨大なベッドが待ちかまえていた。

やめてくれ。森司は内心で叫んだ。それだけは勘弁してくれ。

いや、おそらく一人で部屋で観るぶんには、たいしたことのない映画なのだ。自分一人ならばカップラーメンでも啜《すす》りながら、

「まだチューしてんのかよ。長《な》げぇよ」

「話、進まねえなー」

と片手間に観ていられる程度のラブシーンに違いない。

――しかしいまは困る。

隣にこよみちゃんがいる現在は、困るのだ。

気まずい。こんなに気まずいのは、父秘蔵のセクシービデオを誤って法事の席で再生したとき以来だった。従兄《いとこ》の披露宴のＤＶＤと間違えたのだ。その場の全員が、見て見ぬふりで流してくれたのがさらにつらかった。むろん一番つらかったのは父であり、それがわかっているからこそ、いっそう申しわけなく気まずかった。

ごめんよ父さん――。などと森司がつまらぬ記憶を反芻《はんすう》している間にも、スクリーンでは、さらに主人公たちがいちゃつきの度合いを高めつつあった。

ベッドへと盛大に倒れこみ、もつれあう。

Ｒ‐15指定でないだけあって、さしたるものは映っていなかった。画面は、ほぼ真っ暗と言えた。

だがそこでどのような行為がおこなわれているかは、阿呆《あほう》でもわかった。第一に、絶え間なく音声が流れてくる。この音声がまた、激しく気まずかった。

――わかった。おまえらのやりたいことはわかった。

――だからもう、頼むから早く終わってくれ。

おまえらの恋の行方より、おれはおれの行く末が不安でしょうがない。そう胸中で叫びながらも、森司は柴犬《しばいぬ》のようにおとなしく画面を凝視しつづけた。

　映画が終わったのは、それから約二十分後であった。

「あの、ええと……。ハ、ハッピーエンドでよかったな」

「そうですね……」

　お互い視線は合わせず、ぎこちない会話を交わす。

　結局いつ立っていいかわからず、エンドロールが途切れるまで観つづけてしまった。ＭＣＵの映画じゃあるまいし、最後のおまけ映像などあるわけがないのだが、それでも動けなかった。

　ちなみにラストシーンはあらゆる苦難を乗りこえた主人公とヒロインが、

「愛してる」

「わたしもよ」

と見つめあったのち、お約束の接吻を長々と交わして終わった。

　森司としては「おまえらの接吻など見飽きた」と叫びたい心境であったが、まさかそう口に出すわけにもいかず、無言で見守った。

　白い横顔を見せたまま、こよみが言う。

「あの……音楽がよかったですよね。わたしアレクサンドル・デスプラかと思ったんですけど、クレジットを見たら違ってて……。でも、同じくらいよかったです」

「うん。そうだよな。そうだそうだ。おれもピアノがすごくいいと思ったんだ。上手だった」

　こよみの言葉にうなずきながら、森司は早足で映画館をあとにした。

8

　レストラン『ブラッスリー・ロシェ』は、萬代橋《ばんだいばし》の手前に建つ雑居ビルの六階にあった。

　思ったよりこぢんまりとした店だった。テーブル席が五つと、奥に結婚式の二次会などに使えそうな個室がひとつあるきりだ。

　片側の壁いちめんがガラス張りなため、どのテーブルからでも夜景を楽しめる。ちなみにクリスマスの二日間は完全予約制で、ふらりと立ち寄っても入店できないらしい。

　向かいに座るこよみに、

「本日のコースってのを予約したんだけど、大丈夫かな？」

　と森司は尋ねた。

「大丈夫です。好き嫌いも、アレルギーもとくにありませんから」

「あ、うん。だよな」

　うなずく森司に、ウエイターがシャンパンを注ぎに来た。

緊張でかちこちになりながらも、グラスに注がれる白金いろの液体を見守る。深いフルートグラスの底から、こまかい泡があえかに立ちのぼる。ネットで調べたとおり、テイスティングはとくに求められなかった。

かるくグラスを上げ、森司はこよみと乾杯した。

まず、ひとくち含む。瞬時に「美味《うま》い」と思った。

正直言ってワインにはくわしくない。だがこれが飲みやすいことはさすがにわかる。甘くないのに果物のような後味があって、口の中がすっきりする。

ガラス越しに見える夜景も、予想以上に美しかった。街じゅうがイルミネーションで飾られたせいだろう、常の十倍近くライトが増えたようだ。見下ろす景色は、あたかも綺羅星《きらぼし》の群れであった。

――その上、向かいのこよみちゃんが可愛い。

森司は陶然とした。

いや可愛いだけではなく、美しい。おまけに綺麗《きれい》だ。さらに上品で、そこへ持ってきて端整である。どう形容していいか言葉に迷う。とにかく眼福だ。目がくらみそうだ。

「これって飲みやすいぶん、セーブを意識しないといけませんね」

「だなあ」

こよみの言葉に、森司はでれでれと笑った。

今夜のこよみはシンプルなニットワンピースを着ていた。衿《えり》ぐりから覗《のぞ》く鎖骨が美しい。袖《そで》から突きでた手首の骨が、すんなりと細い。

さっきとは違うウエイターが、皿を運んできた。

「お待たせしました。こちら、アミューズの『帆立とオマール海老《えび》の菜園風サラダ仕立て』でございます」

アミューズとはなんぞや、と森司はひそかに首をかしげる。はじめて聞く単語だ。前菜とは違うのだろうか。そうあやしみながらも、精一杯わかったような顔を作ってうなずく。

だがすくなくとも、帆立と海老とサラダはわかった。その三つが理解できたということは、おおよその概要は摑《つか》めたと言ってよかろう。だからうなずいても見栄ではない。ないはずだ。

白い皿には、なにやら妙なかたちに刻まれた魚介が、オレンジのソースをまとって中央にちょこんと盛られていた。皿の大きさに比して、料理がやけにすくない。

――こんなもので満腹になるのだろうか。

森司は眉根《まゆね》を寄せた。いやこのあと何皿も来るわけだから、いずれは腹いっぱいになるのだろう。とりあえずネットでおさらいしたマナーどおり、並べられたカトラリーを外側から手にとった。

「このたびは当店においでくださり、ありがとうございます」

さらに別のウエイターがやって来て、テーブルの横で頭を下げた。

慌てて森司も頭を下げかえす。

「ああ、いえ。こちらこそどうも」

「なお今夜は、クリスマスにちなんだ趣向をご用意いたしました。英国ではクリスマスプディングに、六ペンスの銀貨と指貫《ゆびぬき》を忍ばせて焼く習慣がございます。切り分けたプディングから銀貨が出てきた人と、指貫が出てきた人とは運命の相手だ、とされるそうです」

「はあ」

「当店ではこちらの伝説をアレンジいたしました。カップルでご予約のお客さまに限り、ご希望で、お一方《ひとかた》のデザートに金のチャームを忍ばせます。出てきたほうのお客さまが〝当たり〟で、もうお一方のお客さまになんでもひとつ願いをかなえてもらえる――という趣向になっております。こちら、ご希望されますか？　もちろん、されなくともよろしゅうございます。なおチャームは二十四金で消毒殺菌済みですので、衛生面の心配はございません」

「そうですか。……えっと、じゃあせっかくなので……」

頼もうか？　とこよみに目顔で訊《き》いた。こよみがうなずく。

「じゃあ、それお願いします」

「かしこまりました。ワインはどうなさいます？」

「おまかせの白を、グラスで……」

つたないやりとりを重ねたのち、ようやくウエイターが離れていってくれた。森司はほっと胸を撫《な》でおろした。

　いつもはテーブルのタブレットで注文が済む店や、「味噌《みそ》ラーメンひとつ」「はい味噌一丁入りやっしたぁああ」などと応答するたぐいの店にしか入らない。だからして、あのような気取ったやりとりは居心地が悪い。場違い感が否めない。

　――しかしこよみちゃんの前で、心細い顔はできないからな。

　できる限り余裕の表情を装い、森司は帆立とオマール海老のなんちゃらをナイフで切り分けた。フォークでゆったりと口に運ぶ。

　――あ、思ったよりいける。

　いける、どころかはっきりと美味い。

　せっかく新鮮なんだから刺身で食べたほうが、という気もしないではないが、この際それは野暮であろう。正体不明なソースも、酸味とスパイスが効いていて食欲をそそった。

「美味《おい》しい。わたし、帆立大好きなんです」

　こよみが微笑む。

「おれもだよ。普段は冷凍のベビー帆立しか買えないけど」

「あれも美味しいですよね。塩胡椒《しおこしょう》でバター炒《いた》めするだけでご馳走《ちそう》です」

「だよな。貝とか蟹《かに》とかってやっぱり美味すぎるから、あんな硬い殻で身を守るよう進化していったのかなあ」

ようやくお互いの舌がほぐれてきた。

アミューズの皿をきれいにたいらげた頃には、森司はすっかり「よし映画の失点は忘れよう。切り替えていこう」の心境になっていた。

前菜は『フォアグラ入り地鶏《じどり》のテリーヌ』、スープは『冷たいポタージュ、コンソメジュレを添えて』だった。

このあたりで森司はシャンパンを飲みほし、ワインに替えた。

こよみは赤が苦手なので、彼も合わせての白である。

「――さっき説明してもらった趣向、面白いですよね」

ナイフを使いながらこよみが言った。

「クリスマスプディングに指貫が入ってるの、小学生の頃に本で読んで憧《あこが》れました。たぶん子供用にリライトされた、アガサ・クリスティの『クリスマス・プディングの冒険』だったと思います」

「へえ。でも指貫って金属のだよな？　不用意に噛《か》むと、がりっとやって歯が欠けそう。おれなんかそそっかしい子供だったから、デザートに仕込まれたら絶対噛んでたな」

森司は一口大に切ったテリーヌを口に入れた。

ちなみに、テリーヌくらいはいくらなんでも知っていた。野菜だの肉だのをすり身にして、平たい台形になって出てくるあれだ。ちょっと高級なおせちや、親戚《しんせき》の結婚披露宴で食べたことがある。

個人的にはもっと歯ごたえのある食べ物が好きだが、今日のテリーヌはさすがにものが違った。

森司は、こよみが語る『クリスマス・プディングの冒険』のあらすじに耳を傾けた。

そしてワインを飲み、ちぎったパンにバターを塗って食べた。

このパンがまた、焼きたてで美味かった。料理と違っておかわりしていいそうなので、遠慮なく追加を頼んだ。

「ええと、このあとは魚、肉と来てデザートだっけ」

「だと思います。……ということはいまのうちに、当たったらなにをお願いするか、決めておかなきゃいけないですね」

「えっ。あ、そうか。そうだな」

森司はどきりとした。

そうだった。とくに深く考えずオーダーしてしまったが、趣向とは今夜この場で、このテーブルに着いている間に施行されるお遊びなのだ。

つまり当たりがわかったその瞬間に、

「今年はぼくが当たったよ。さあ、きみになにをしてもらおうかな」

「怖いわ。あんまり無理を言わないでね」

などという、ハリウッド的美男美女にしか許されぬ会話をしろということなのだ。美女はともかく、美男のほうには異論しか湧かない。

「あー、うーん、そうか。どうしようかな……」

宙に視線をさまよわせつつ、森司は前もって頼んでおくことにした。「怖いな。あんまり無理言わないでね」と。こよみの性格からして無茶を言ってくるとは思えない。だがそれでも「なんでもひとつ」と言われたらすこし怖い。

――え？　いや待てよ。

はたと森司は気づいた。

ということは、おれが当たる可能性だってあるじゃないか。

それどころか確率は二分の一だ。

可能性どころか、当たりかはずれか、どちらかしかない。五十パーセントの確率で、こよみちゃんにひとつお願いを聞いてもらえるかもしれないのだ。

――え、それはやばい。どうしよう。

いまさらながら森司はあせった。そして考えこんだ。

ウエイターが運んできた『甘鯛《あまだい》のスイートヴェルモット風』なる魚料理に、「スイートヴェルモットとはなんぞや」といぶかる暇もないほど悩んだ。

――こよみちゃんに？　なんでもひとつ、おれの願いを？

そんなことがあっていいのだろうか、と思う。

おれが悪いやつだったらどうするんだ、とも思う。

万が一いや億が一、酔った勢いで彼女に助平な行為などをせまったりしたらどうするのだ。犯罪ではないか。けしからん。その場合はウェイターたちに警棒を持たせ、みなで袋叩《ふくろだた》きにして正気に戻してほしい。

——いやいや、そんな思考の寄り道をしてる場合ではない。

森司は真剣に考えつづけた。

甘鯛のなんちゃらを食べ、こよみの話に相槌《あいづち》を打ちながらも、心を半分がた飛ばしていた。「もしも当たった場合、眼前の乙女になにをお願いするべきか」にだ。

——これは、あれか。もしかしてあれか。

森司はごくりと甘鯛を飲みこんだ。

——おれのことをどう思っているか聞かせてほしい、などと、彼女にお願いしてもいい流れってことか。

むろんしらふならば、そんなことは訊けない。

しかしいま、ちょうどいい感じにおれは酔っている。けして記憶を失うほどではないが、平常より羞恥心《しゅうちしん》が薄れつつある、絶妙なほろ酔い加減だ。

よしじゃあそれでいこう、と脳内で自分をけしかけた。

同時にもう一人の自分が「いや待て」と押しとどめる。「違うだろ。ここは『来年もおれと二人で、イヴを過ごしてほしい』と言うべき場面だろう」と。

その手があったか——。森司は煩悶《はんもん》した。

そっちのほうがいい気がする。スマートだし、洒脱《しゃだつ》だ。それに未来を見据えている。今年のうちに来年の予約まで押さえてしまえるなら、今後の精神衛生にとてもよい。とはいえ、「おれのことをどう思っているか」も、この機会に訊《き》けるならば訊いてしまいたい。

森司は心中で、激しく己同士を戦わせた。

しかし結論は出なかった。しかたなく彼はウエイターを呼びとめ、

「すみません。ワインもう一杯」と頼んだ。

9

その頃、鈴木が帰ってしまったショットバー『Laguna』で、黒沼部長と泉水はいまだ飲みつづけていた。

澪子と顔を輝かせて話すマスターを横目に、部長がつと窓の外を指す。

「あそこ、大きなフランス人形があるなあ。すごい目立つね」

「人形？」

「すぐ外にあるクリスマスツリーのモニュメントだよ。根もとにプレゼントっぽい箱とか、人形やテディベアなんかがたくさん置いてあるんだ。見えない？」

「おれの位置からは、でかい熊のぬいぐるみが半分見切れてるな」

「ああ、あの白い熊だよね？　その隣の隣くらいに、人形があるんだよ。――ところで大きなフランス人形といえば、一年前の相続騒動を思いだすね」

部長はアプリコットフィズのグラスを揺らし、尋ねた。

「金沢桐吾さんは、あれからどうしてる？」

「元気だ」

泉水が答えた。

「元気だが、あのとき『踏んぎりが付いた』と言いきったほど、結局は家族と疎遠にできちゃいないらしい。勘当だなんだと先輩を責めたその口で、ことあるごとに『あんたは長男なんだから！』と呼びだしをかけてくるんだとさ。……まあ想像はついたがな。だめな親ってのは、どこん家《ち》も変わりばえがしねえ」

「まったくだね」

同意して、部長は薄切りのシュトーレンをつまんだ。

「それで、弟さんのほうは？」

「手ばなしに回復した、とは言えねえな。寝たり起きたりの生活だそうだ。だが先輩が言うには、『外へ出ては借金をこさえたり、女遊びで散財されまくった過去に比べたら百倍マシ』だとよ」

「そっか……」

部長はすこし逡巡《しゅんじゅん》してから、

「じつを言うとさ、ずっと気になってたことがあるんだよね」

と言った。

「なにがだ？」

「えーと、その前にもう一杯頼んでおこう。知ってのとおり、ぼくは話が長いからね。マスターが盛りあがってるとこ、邪魔しちゃって悪いけど」

部長は手を挙げて、マスターにウイスキーロックのおかわりと、新たなシャンパンカクテルを頼んだ。

「――で、なにが気になってたって？」

ロックのグラスを手もとに引き寄せ、泉水が言う。

「まあ、これは確証のない与太話だから。飲みながら適当に聞き流してよ」

と前置きしてから話しだした。

「桐吾さんの部屋で火事が出たあの日のこと、覚えてる？」

「そりゃ、まあな」

「あのときぼくはアパートへ行く直前に、ネットで気がかりなニュースを読んだんだ。一般的にはなんてことないニュースだよ。でも、ぼくには引っかかった。邦彦教授の件と、妙に平仄《ひょうそく》が合ってる気がしたからだ」

マスターがシェイカーの中身をフルートグラスに注いだ。シャンパンと桃のジュース、柘榴《ざくろ》シロップで作るベリーニというカクテルだ。

「どうも」

　と愛想よく受けとってから、部長は泉水に向きなおった。

「元職員の人は、ぼくらにこう言ったよね。『邦彦先生はトキ子先生と共同研究で、伝説がどうとかいう論文を発表した。それを最後に、研究への意欲を失っていくように見えた』と」

「そうだったかな。言ってたかもしれんが、それがどうした」

「その論文を、ぼくは以前読んだことがあるんだ。タイトルは確か『聖木伝説―死と再生、ならびに生命の象徴としての樹木――』だったと思う。国内外の神話および民話において、しばしば生と死をつかさどる存在〝樹木〟に注目した論文だ。とくに日本の民話からは『花咲か爺《じじい》』と『猿蟹《さるかに》合戦』がピックアップされていた。ふたつとも、どんな話かは知ってるよね？」

「あー……たぶんな」

　泉水は視線を泳がせた。

「『花咲か爺』は、犬が死ぬ話だから好きじゃなかったな。うろ覚えだが、いい爺《じい》さんの飼い犬が悪い爺さんに殺されて、犬の遺灰を撒《ま》いたら枯れ枝に花が咲くってあらすじだろう。それを見た殿さまがいい爺さんに褒美を与え、悪い爺さんには罰をくだすんじゃなかったか？」

「うん。おおよそ合ってるよ。じゃあ『猿蟹合戦』は？」

「こっちはもっとうろ覚えだ。猿に木の上から柿をぶつけられた蟹が死んで、蟹の仲間だか友達がかたき討ちする話……だったと思う。臼《うす》だの蜂だのが、よってたかって猿をひどい目に遭わすんだ。蜂たちと蟹が、どういう関係だったかは忘れた」

「うん。充分」

部長はうなずいて、

「というか泉水ちゃんが、その概要しか覚えてないのはごく自然だよ。なぜってこの二譚《たん》はまさに、『遺灰を撒くと枯れ枝に花が咲く』『木の上から柿をぶつけられて蟹が死ぬ』ところがメインなんだから。これらの〝木〟は、まさに死と再生のシンボルとして描かれる。

『花咲か爺』の犬は、善人に富をもたらす精霊だ。こまかいことだけど、枝に撒く灰は、正確には犬の遺灰じゃない。隣の意地悪爺さん、すなわち悪玉に飼い犬を殺された善人は犬を埋葬し、墓のそばに木を植える。その木で臼を作って餅《もち》を搗《つ》くと、黄金が湧いてくるんだ。しかしその臼も悪玉に燃やされてしまったため、善人はその灰を枝に撒く。すると花が咲き、これが殿さまの目に留まってやはり富をもたらす。

同じく『猿蟹合戦』でも、木と臼は重要なシンボルとして登場するね。悪玉の猿は、木の上から固い柿の実を投げつけて善玉の蟹を殺す。その後かたき討ちのシークエンスがはじまり、臼は最後の最後に屋根から落ちて、悪玉を圧殺する」

「なるほど。〝死と再生〟か」

　泉水はウイスキーロックを含んだ。

「木と臼を同一のものと見なすなら、どちらの話でも木は死の象徴であり、同時に再生であり懲悪の手段でもあるわけだ。木が臼に変わる、灰が花を咲かせる、なんてのは、わかりやすい再生の隠喩《メタファー》だな」

「そういうこと」

　部長がうなずく。

「ちなみに『花咲か爺』も『猿蟹合戦』も、はるか四百年前から語りつがれてきた民話だそうだ。どちらも江戸《えど》時代の赤本や絵巻として記録が残っていて、『五大お伽話《とぎばなし》』のうちに数えられている。類似の民話は日本以外、いや世界各国に派生していて、中国や東南アジア、さらにはグリム童話にも同じ類型が確認できるね。また『猿蟹合戦』は、神話の五十猛命《イタケルノミコト》の逸話がもとだ、なんて説もあるらしい」

「で、それがなんなんだ」

　泉水が目を細めた。

「おまえはなにが言いたくて、その話をしてる？」

「せっかちだなあ。じゃ結論から言っちゃうね。今夜というか、つい数時間前、ぼくは人ならざるものに〝きのないところへいけ〟と忠告された」

　そう部長は言い、甘いベリーニを一口飲んだ。

「泉水ちゃんもご存じのように、ぼくに霊感はいっさいない。この手の神託や予言に近い言葉を、母や泉水ちゃんがいない場で聞くなんてまずあり得ない。――でも、今夜は違った。だからぼくは気づいたわけ。『なんかおかしくない？』『もしかして今日って、この世とあの世がいつもより近づいてない？』……とね」

「おまえな。そんな物騒なことをあっさり言うな」

泉水は諫《いさ》めてから、

「だがよし、結論はわかった。さかのぼってくわしく説明しろ」

とうながした。

「うん。そのリクエストどおりにさかのぼるとですね。ぼくが去年気になったニュースっていうのが、これなの」

部長はスマートフォンの画面を従弟《いとこ》に見せた。

「〝本日の午前十時、W県の『猿蟹合戦』の発祥とされる地で大規模な落雷があった。雷は『猿蟹の木』と呼ばれ、住民に長く親しまれた大木を直撃。木はまっぷたつに割けたが、火事などの被害はなかった〟

そして同日の、二時間後のニュースがこれね。こちらはY県で、同じく木への落雷。〝『花咲か爺』発祥の地で『花咲かの木』とされる御神木が倒壊した〟とある。倒れた御神木は、真っ黒に焦げていたそうだよ」

言葉を切り、彼は泉水を覗《のぞ》きこんだ。

「落雷の電圧を仮に一億ボルト、電流を二十万アンペアとして計算すると、電力エネルギーは二百億キロワットにのぼると言われる。なのに生活用の電気に流用できないのは、瞬間的すぎて蓄電に向かないのと、なによりいつどこで落雷するか予測不能なせいだ。でももし、どこで何時に雷が落ちるか事前にわかるとしたら――」

「そのエネルギーをなにかに使える、ってことか？」

「かもしれない。あくまで仮説でしかないけどね」

泉水の問いに、部長は慎重に答えた。

「あのとき桐吾さんの弟は、亡者に囲まれていたらしいじゃない。思うに彼は、すでに半分〝彼岸のもの〟になっているのかも。去年のあの日、弟さんがなぜ桐吾さんのアパートを急襲し、人形を奪おうとしたかは、火事でうやむやになってしまったよね。だが仮に、彼がなんらかの力で、『猿蟹の木』に次いで『花咲の木』が倒れることを知ったとしたら？　Y県までなら、車で二時間かからない。彼は落雷のエネルギーを、あの人形に使いたかったんじゃないだろうか」

「どういうことだ？」

「ぼくにもまだわからない。でも陣内夫妻の共同研究論文、『聖木伝説―死と再生、ならびに生命の象徴としての樹木―』は、知芹ちゃんが死ぬ二年前に発表された。彼らが二人とも、聖木および御神木の〝力〟を把握していたことは間違いないんだ。それともうひとつ。時系列で調べてみたら、トキ子教授が神話学からオカルト学へとより傾倒していったのは、知芹ちゃんが生まれて以後のことだった」

「雷、木、そして論文か」

　泉水が唸《うな》った。

「まるで三題噺《さんだいばなし》だな。そしておまえは今夜、おれの知らないところで〝人ならざるもの〟とやらに会ったわけだ。そいつに忠告されただと？　しかもそれを、いまのいままで黙ってやがった――と」

「いや待って、べつに隠してたわけじゃないよ。それに緊急の人助けだったの」

　と部長が大急ぎで否定する。

「まあその追及は、あとでいい」

　泉水は冷ややかに言って、腕組みした。

「……確か教授夫妻の娘は、窓から落ちて死んだんだよな？」

「そう。ちなみに木製の雨戸とともに落下したそうだ。臼と同様、木の化身と言えるね」

　部長が言い終えぬうち、彼のスマートフォンが鳴った。

　ＬＩＮＥの着信音だ。

「藍くんだ。なんだろ」

　表示された「部長、いまどこ？」という短いメッセージに、彼は目をすがめた。

　すばやく返信する。

「ショットバーだよ、泉水ちゃんも一緒。なに藍くん、おうち帰ったんじゃなかったの?」

「いったん帰って家族団欒《だんらん》したわよ。それより見てほしいものがあるの。弟の涼平《りようへい》が、生意気にも八時まで彼女とデートしてたんだけどね。その道中に、涼平が西京《さいきよう》区で撮った画像がこれ」

　直後に画像が送られてきた。泉水もスマホを覗きこむ。

　大きなクリスマスツリーだった。本物の樅《もみ》の木に見えた。色とりどりのオーナメントと電飾で飾られている。根もとは、玩具《おもちゃ》やプレゼントの山で埋まっていた。

　つづけて画像がもう一枚表示される。

　玩具にズームした画像だった。フランス人形が写っている。ドレスをまとい、同色のリボンを黒髪に結んだビスクドールであった。

　藍のメッセージが表示される。

「弟は『気持ち悪かったから撮った』って言うの。『なんだかわからないけど、大きすぎるし、どことなく気持ち悪かった』って。ねえ、泉水ちゃんにこの画像、確認してもらえない?　一年前に泉水ちゃんの先輩が持ってたのと、まるきり同じ人形に見えるのよね」

　泉水が液晶から顔を上げて、

「本家」と言った。

「どこに人形があるって?　さっき、ここの窓から見えるって言ったよな」

「うん。ほらあそこ」

部長は体をずらして、泉水に場所を譲った。窓の外を指す。

「あれだよ。テディベアの隣の隣。……まさか、いまぼくが想像しているとおり？」

「ああ。そのまさかだ」

泉水は歯嚙《はが》みした。

「くそったれ。――人形は、一体じゃなかったのか」

「いや、ぼくのミスだよ。しくじったのはぼくだ」

部長が顔をしかめ、己の膝《ひざ》を殴る。

「桐吾さんの手もとから人形がなくなれば、一件落着だと思いこんでいた。まだ謎が残っていたのに、バックボーンを調べず、肝心の人形さえろくに視認しなかった。完全な、ぼくの手落ちだ」

スマートフォンを持ちなおすと、彼は猛スピードで文字を打ちこんだ。

「藍くん、お願いがある。ニュースによれば陣内知芹ちゃんは十六年前、高平区沫江町に住む九歳の少女だった。

ということはぼくのひとつ上で、藍くんなら二年上だ。高平区沫江町は高平小学校の校区だよね。藍くんの人脈で、いまから高平小卒の先輩を探せるかな？ イヴでみんな出かけていそうだし、むずかしいとは思うけど……」

藍の返事は早く、そして簡潔だった。

「まかせて」

10

森司たちはその頃、コースの魚料理を終えていた。

直後に出てきた『柚子《ゆず》のグラニテ』は、ほんのり柚子の風味が口に広がるシャーベットだった。肉が出てくる前の口なおしらしい。なるほどこいつは舌がさっぱりするな、と森司は感心した。

その対面でこよみが、銀のスプーン片手に微笑む。

「先輩。お願いごと、思いつきましたか？」

「いいや、まだ」

森司は首を横に振った。正確には思いつかないわけではなく、迷っているだけである。しかしそこまでは言わずにおいた。

「――ていうかさ。灘は、おれにお願いしたいことなんてあるの？」

なんの気なしに発した問いだった。

しかしこよみは、「えっ」と目を見ひらき、しばし固まった。

やがて、ゆっくりと顔ごと視線をそらす。

「……それは、はい。あり……ますよ？　あります」

「そうなのか」

　森司はすこし驚いた。

「だったら普段から言ってくれればいいのに。おれ、灘の頼みならなんだって聞くぞ？　金はないけど、それ以外のことならいくらでも」

「そ、そうでしょうね。先輩はやさしいから……」

　こよみはごにょごにょと言って、

「でも普段の生活の中では、口に出す勇気が出なくて。いえ、先輩がどうとかじゃなく、こっちの――わたしの問題なんです。勘違いというか、自惚《うぬぼ》れかもしれないので、訊《き》くに訊けず……」

「訊く？　え、おれに質問があるってこと？」

　森司はスプーンを置いた。

「なんでも訊いていいよ。おれべつに、灘に隠しごとなんてないから」

「はい。それは、わかってますけど」

　こよみはうなずいた。

　照明のせいだろうか、彼女の耳たぶが赤い、と森司は気づいた。心なしか目のふちも赤いようだ。ナプキンを握った手が迷っている。唇がなにかを言いかけてはひらき、思いなおしたように幾度か閉じる。

「わかってますけど」

いま一度こよみは繰りかえし、

「ただ、あの、先輩はわたしのこと、どう……」

「お待たせしました。こちら『山形牛のロースト、ポルト酒とトリュフのソース』でございます」

「ぴゃっ」

　こよみが椅子の上で飛びあがった。

　皿を持ったウエイターが目をまるくする。

「どうなさいましたか」

「あ、いえ。いえその」

「申しわけございません。いきなりで驚かせてしまいましたか」

「違います違います。わたしが勝手に驚いたんです。すみません」

　手を激しく振ってこよみが謝罪する。

　ウエイターは彼女の服にソースなどかかっていないか確認してから、ふたたび姿勢を正した。

「ではあらためまして、『山形牛のロースト、ポルト酒とトリュフのソース』でございます。パンとワインのおかわりはいかがなさいますか？」

「あ、はい。お願いします」森司は答えた。

「かしこまりました」

ウエイターが優雅に一礼して去る、そのまっすぐに伸びた背すじを見送って、

「あの……わたし、もうちょっと考えることにします」

と、こよみが声を落とす。

「うん。おれもそうするよ」

首肯して、森司はナイフとフォークを手に取った。


たいらげた肉料理の皿が、しずしずと下げられていった。

「――いやあ、さすがに美味《うま》かったな」

心から言い、森司は深く嘆息した。

「普段は安い豚バラしか食ってないから、びっくりした。高い牛肉ってすごいな。肉の繊維が全然なかった。口に入れた途端、脂と一緒にじゅわっと溶けていった」

「ソースも美味《おい》しかったですね」

こよみが相槌《あいづち》を打つ。

「わたしフランス料理って、生クリームとバターの味がもっと前面に出てるイメージがあったんです。でもこのお店のはさっぱりしてるというか、後味が和食に近くて」

「そうそう。どっか醤油《しょうゆ》っぽいんだよな」

森司は同意した。

と同時に視界の端で、若いウエイターがさりげなく目くばせしてくるのを認めた。

——あ、そうか。来たな。

急いで頬の筋肉を引きしめる。

例のお願いごと云々《うんぬん》の企画とは、またべつだ。じつは予約の段階で、店に頼みごとをしておいたのだ。

「デザートの前に、彼女にプレゼントを渡したいんです。でもショップ袋を片手に入店してはバレバレなので、スマートに渡せるよう、なにとぞ事前にご協力を」と。

さきほどのウエイターが、音もなく早足で森司に忍び寄る。そっと背後から紙袋を握らせ、来たときと同じく忍者のごとく走り去る。

「な、灘。あの、これ」

咳払《せきばら》いしつつ、森司はショップ袋をテーブルに置いた。

「かしこまるほど、たいしたもんじゃないんだけどさ。……一応、プレゼント。よ、よかったらもらって」

「あっ——はい。ありがとうございます。では、わたしも」

助けを求めるように、こよみが別のウエイターを見た。

心得顔で彼がクロークへ向かう。数十秒と経たず、こよみのバッグを持って戻ってくる。

かくして二人は無事、プレゼント交換を果たした。

舞台装置は満点であった。料理とワインは文句なしに美味しく、店内にはピアノのコンチェルトが流れていた。眼下に望める夜景も美しかった。そして二人とも、けして酔いすぎではない程度にほろ酔いだった。

「開けてもいいですか？」

「ああもちろん。うん、開けて開けて」

こよみの指がリボンをほどき、包装紙をほどく。

ジュエリーケースを開けて、彼女は息を呑《の》んだ。

「……先輩。これ、高いですよね？」

「あー、そうでもないよ。いや安物ってわけじゃないけどね。本物だし。ただあの、あれだ。灘が心苦しく思うほどの値段じゃない。大丈夫。問題ない。だからお願い、なにも言わず受けとって」

なぜか語尾が懇願になってしまった。

しばしの凝視のあと、こよみが顔を上げて微笑む。

「いま、着けていいでしょうか」

「いいに決まってるさあ」

完全にとろけた顔で、森司は大きく首を縦にした。

こよみがケースからネックレスを取りだす。プラチナのチェーンがきらりと輝き、白い指が己のうなじでクラスプを留める。

――なんて美しい光景だ。

うっとりと森司は見とれた。

まず照明が美しい。次に光を弾《はじ》く真珠が美しい。さらに真珠を着けたこよみちゃんが、すべてを凌《しの》ぐ勢いで美しい。

いや、こよみちゃんが美人だなんて当然のことだ。自明の理であり、公然の事実であり、地球の常識だと思ってきた。いまさら、ちょっとやそっとの美では驚くまいとたかをくくっていた。

――だがおれが間違っていた。彼女の美は、日に日に更新されていく。

もはや賛嘆の言葉も思いつかない。今日ここで死んでもいい、とさえ森司は思った。

むろんほんとうに死にたいわけではないが、いま死んだなら、最高にいい笑顔で絶命できそうだ。

そんな彼の胸中を知ってか知らずか、

「先輩」とこよみが言う。

「わたしのプレゼントも、よかったら」

「ああうん、そうだよな。ありがとう。いま開ける」

森司はいそいそと包みをひらいた。

平たい、白い箱があらわれた。『Aquascutum』との印字がある。

これは、どっかで見たことある綴《つづ》りだぞ、と森司は目をすがめた。そうだ、確かトレンチコートで有名なブランドだ。

開けてみる。ネクタイが三本、整然とおさまっていた。
どれも百パーセントシルクだ。紺地に細い白のレジメンタル、臙脂《えんじ》の小紋柄、そして紺の無地である。

「ちょっと気が早いですが、就活にも使えると思って」

　こよみが言った。

「一応、父の意見も聞いたんです。そうしたら『エルメスやキートンほどのハイブランドだと、面接官によっては〝学生のくせに生意気〟と思うこともある。とはいえ、あまりに安物でもやはり心証をそこなう。ハイブランドすぎず、派手すぎず、しかしいいものを着けておくのが一番だ』と言われまして――」

　そこでいったん言葉を切り、こよみは箱を指した。

「なので、父おすすめのブランドに決めました。『こまかい柄が品よく、どの色のスーツにも合わせやすい。あらゆるシーンで応用が利く』だそうです」

「そっか」

　心底納得し、森司はうなずいた。

「さすが先生。言葉に説得力がある」

　こよみの父は、森司にとって簿記試験の恩師である。教えてもらっている間はなんとなく「先生」と呼んでいたし、いまもその気分はつづいていた。

　森司は箱を掲げた。

「ありがとう。おれネクタイ締めるの得意じゃないから、練習してから着けるよ。あ、もちろん練習のときは、高校の制服のネクタイとか使って」

　こよみが微笑んだ。

　その首もとでは揺れるバロックパールが、艶《なま》めく淡いブルーに輝いていた。

　デザートは『タルト・オ・ショコラ、ヴァニラアイスクリームとフルーツを添えて』であった。

　要するにチョコレートのタルトだ。アイスクリームに、メロン、オレンジまで付いている。なんてお得な、と森司は感心した。こってり濃厚なタルトを食べたあと、フルーツを口に入れると舌が洗われる気がした。

　そうして金のチャームを引き当てたのは、こよみだった。

　例の〝願いごと〟ができる企画のチャームである。二十四金製で、喇叭《らっぱ》を吹く天使のかたちをしていた。

「おめでとうございます」

「うんうん。おめでとう」

　ウエイターとともに森司は拍手した。内心でほっと胸を撫《な》でおろす。

　こよみになにを頼むべきか、結局決心が付かなかったのだ。こうなれば、聞く側のほうがだんぜん気は楽だ。

「おれにできることなら、なんでもするよ。灘」

屈託ない笑顔で森司は言った。

「なんでも言って」

11

同時刻。

「ああもう、もっと早く気づくべきだった。なんてぼくは馬鹿なんだ」

藍から折りかえしの連絡を待ちながら、黒沼部長は己を責めていた。

「人形の髪をとかす櫛《くし》。ドレスと対のリボン。そして供えられる果物。……どう考えたって、典型的な三種の呪物じゃないか」

陣内邦彦教授が遺《のこ》した、財産相続の条件。

――わたしがしていたのとまったく同じに、娘の髪を毎朝とかし、ドレスとリボンを替え、祭壇に花と新鮮な果物を捧《ささ》げること。

なによりそこが必要不可欠で、重要なくだりだったのだ。

その言いつけを守れなかったからこそ、金沢柳介は地獄から洩《も》れでた亡者に憑《つ》かれた。此岸《しがん》をさまよう霊魂ではなく、すでに彼岸の住人となり果てたものたちに集《たか》られ、心を食い荒らされたのだ。

「最初から、そこに気づいていれば……」

部長は顔を上げ、泉水を見た。

「やはり鍵《かぎ》は、神話および民話だったんだ。泉水ちゃん、『古事記《こじき》』の黄泉国《よもつくに》訪問譚《たん》のあらすじは知ってるよね？」

「え？　ああ、おまえの影響でな。そらで暗唱できるほどじゃあないが」

戸惑いつつも泉水はうなずいて、

「天地開闢《かいびゃく》で生まれた男神の伊邪那岐《いざなぎ》が、死んだ妻の伊邪那美《いざなみ》を黄泉《よみ》の国まで迎えに行くが、醜くなった妻を見て逃げ帰るって話だろう。伊邪那岐はあの世とこの世の境である黄泉比良坂《よもつひらさか》の出入り口を、千引《ちび》きの岩でふさいだ。それ以来、現世と黄泉は簡単に行き来できる場所じゃあなくなった」

「そのとおり。そして伊邪那岐の逃走劇を、くわしく語ればこうだ。彼は追っ手の黄泉《よもつ》醜女《しこめ》たちをしりぞけるため、ある三つのものを投げた。まずひとつ目は、自分の髪を束ねていた紐《ひも》状の蔓《かづら》だ。これを投げつけると葡萄《ぶどう》の実が生えた。黄泉醜女たちが葡萄を夢中で食らっている間に、伊邪那岐は走った。

しかし追っ手はまだ残っていたため、次に伊邪那岐は櫛を投げた。すると竹の子が生え、黄泉醜女の多くが食いついた。

最後に伊邪那岐が投げたのが桃の実だ。これによって残った黄泉醜女たちは、散り散りに逃げ去った。伊邪那岐は無事この世に生還し、黄泉国へいたる坂道を千引きの岩でふさぐことになる」

部長はそこで言葉を切り、

「紐、櫛、果実――。これが世界各国の神話、および民話で語り継がれてきた〝三種の呪物〟だよ」

と吐息とともに言った。

「ディテールの差異はあれど、三種であること、この世とあの世を分ける呪物として登場することは、どの話でも同一だ。神話でなく童話に姿を変えたパターンとしては、グリム童話で有名な『白雪姫』が典型的だね。もう一度聞くけど、泉水ちゃん、白雪姫がどうやって殺されたか覚えてる？」

「さてな。うろ覚えだが、たぶん魔女に毒入りの林檎《りんご》を食わされて死ぬんじゃなかったか？」

「当たり。アニメ映画やショートバージョンの絵本など、多くの場合は毒林檎のエピソードのみが語られるね。でも正式なグリム童話では、魔女は姫の殺害を三回もくろみ、うち二回は失敗しているんだ。

一度目では魔女は物売りの老婆に化けて近づき、姫に飾り紐を売る。この紐が姫の体を締めて窒息させるが、小人たちが駆けつけて姫を蘇生《そせい》させる。

二度目は同じ手段で櫛を売りつける。櫛の歯に毒が塗ってあったので姫は倒れるものの、このときも小人が間に合って姫を助ける。

そうして三度目が林檎《りんご》だ。心が清く疑うことを知らない姫は、魔女から林檎を買って食べ、そのかけらを喉《のど》に詰まらせて死ぬ」

「なるほど。飾り紐、櫛、林檎——か」

泉水が腕組みした。

部長がうなずいて、

「はっきりと同じパターンが見てとれるでしょ？　また同じグリム童話では『水の魔女』という説話がある。これは井戸に落ちた幼い兄妹《きょうだい》が、水の妖精《ようせい》に囚《とら》われる話だ。兄妹が水の妖精から逃走する途中、まず妹が刷毛《はけ》を投げる。すると刷毛は無数に棘《とげ》が突きでた山に姿を変えた。次に兄が櫛を投げると、これは千もの歯がある櫛の山になった。最後に妹が鏡を投げると鏡の山が生まれたため、水の妖精はすべる山に手こずってそれ以上追いかけられなかった。

このバージョンでは、果実でなく鏡が用いられている。とはいえ鏡も呪物や神器としては、充分ポピュラーな存在だ。語り継がれていくうち、おそらくどこかで入れ替わったんじゃないかと思うね」

と言う。

泉水が顎《あご》を撫でた。

「分類としてはこうか。蔓、紐、刷毛などの繊維に類するもの。桃や林檎などの果実。そして櫛」

「おおよそ、そのはずだよ。これらは俗に〝呪的逃走譚〟と呼ばれる。世界じゅうのあらゆる国で語り継がれ、『水の魔女』と同様、文化によって呪物が変わっていったバージョンも多数見つけられる。

たとえばアイヌ民話の『パナンペ・ペナンペ』では、逃走しながら鬼に投げるものは糸玉だ。またコーカサスのオセット族の神話では、牙《きば》のある妹に追われた主人公が櫛、木炭、砥《と》石《いし》を順に投げつけて逃げおおせる。

呪物の簡略化および変容としては、日本民話の『三枚のお札』がわかりやすいね。この話では、主人公の小僧が山姥《やまうば》を追いはらう三種の呪物すべてが〝お札〟だ。そして悪い山姥が小僧を異界へ誘う呪物として〝実〟を用いている。山姥は小僧が拾った栗を『茹《ゆ》でてやる』と言って、自分の家へと誘いこむんだ」

「なるほど。栗は現代の分類でも果物だからな。正しい」

と、農学部から大学院に進んだ泉水がうなずく。

「いわゆる聖なる果実ってやつか。おれにはせいぜいで、アダムとイヴが食った〝知恵の実〟くらいしか思い浮かばんが」

「いやいや、まさにそれだよ」

部長が膝《ひざ》を打った。

「それこそが代表的な〝生と死、今生と冥界《めいかい》とを分ける呪物〟としての果物だ。アダムとイヴは知恵の木の実を食べ、楽園を追放された。人間はそれ以後、〝知恵を得た代わり、必ず死ぬ生き物〃になったとされる。そしてこの知恵の実は、しばしば林檎に描かれているね」

彼はカクテルで舌を湿して、

「〃今生と冥界とを分ける呪物〃として、果実が神話および民話に登場するケースはほかにも見つかるよ。たとえばギリシャ神話には、黄泉に落ちた伊邪那美によく似た女神がいる。花の女神ペルセポネーだ。

ペルセポネーは冥界の王ハーデースに見そめられ、無理やり連れ去られてしまった。ゼウスはペルセポネーを取りもどそうと使者を送るが、伊邪那美と同じく彼女は、すでに冥界の果実を口にしていたため帰れなかった。なおこの果実は林檎ではなく、柘榴《ざくろ》だとされている。

そして、さっきも話題に出した『猿蟹合戦』。こちらは言わずと知れた、〃柿をぶつけられて死ぬ〃話だ。この民話は十八世紀以前に刊行された赤本のひとつとされ、類型の民話は中央アジア、東南アジア、ヨーロッパの広い地域に分布している。また日本神話にも、類似の話が見つけられるんだ。

はるか昔、須佐之男命《スサノオノミコト》の子である五十猛命《イタケルノミコト》が山に橘《たちばな》を植えた。その実を猿の群れが食らい、食べ飽きると蟹《かに》に投げつけて遊ぶという乱暴をはたらいた。五十猛命は蟹を助け、投げた実がすべて猿に返るようにしてやったという。

ちなみに『日本書紀《にほんしょき》』では五十猛命は、樹木の種を蒔《ま》いて国じゅうを青山にした神だ。

そして最後に木の国こと紀伊国《きいのくに》に降り立ち、現在も伊太祁曾《いたきそ》神社の主祭神として祀《まつ》られている」

「樹木の種を蒔く神——。そうか、聖木伝説につながるんだな」

泉水が唸《うな》った。

「そう。橘の実、樹木の種、木の国だよ。『猿蟹合戦』は復讐《ふくしゅう》譚だから、呪的逃走のくだりはない。けれど果実はやはり〝死の世界へ追いやるもの〟として登場するし、さらに聖木伝説へとさかのぼる。最古の民話だけあって、神話に近いんだね」

「そういや、いつぞやの旅行中に聞かされた『瓜子《うりこ》姫《ひめ》伝説』にも、柿どうこうが出てきた気がするな」

「よく覚えてたね。そのとおり、瓜子姫はアマンジャクに誘われて柿を取りに行くが、先に枝へのぼったアマンジャクから実をぶつけられる。瓜子姫がのぼるとアマンジャクは木を揺すったため、姫は落ち、首の骨を折って死ぬ。『瓜子姫伝説』もまた、神話と近しい。ハイヌウェレ型農耕起源神話が、民話のかたちに進化したんだ」

部長はつづけた。

「神話や民話というのは、太古の人びとが安息の地を求めて移動しながら、口伝によって語り継いでいったものだ。だからこそ似た話が、世界中のあちこちに分布しているんだ。彼らは重要な情報を、わかりやすい神話や民話のかたちにデフォルメすることで、子々孫々へ伝えていった——」

そのとき、さえぎるようにスマートフォンが鳴った。

「藍くんからだ」

LINEアプリをひらき、メッセージを確認する。

「部長、いまどこ？」

彼はレスポンスを打ちこんだ。

「まだショットバーにいるよ。ケーキビュッフェのななめ向かい」

「じゃああたしもそっちに行く。というかいま、兄貴の車で古町まで走ってもらってる途中。電話に切り替えていい？」

「いいよ。でもぼくらはいったん通路に出ないといけない。一分後に、こっちからかけるね」

予告どおり、部長は泉水とともにカウンターを離れ、通話できる場所から藍に折りかえした。

「もしもし？」

「ああ部長。リクエストどおり、高平小に通ってた先輩を探しだしたわよ。いっせいに連絡網をまわしてもらってね、死んだ陣内知芹ちゃんと同じクラスだったという人が、おかげで三人見つかった」

「さすが藍くん。すばらしい」

「早い！　誉《ほ》めるのは全部聞いたあと」

と藍は制して、

「まず一人目は、知芹ちゃんと一、二年のとき同じクラスだった男性よ。いわく『陣内さんは、勉強もスポーツもできる優等生だった。ピアノが弾けて絵もうまくて、欠点がなかった。クラスじゅうの憧《あこが》れだった』。二人目は同じく男性で、知芹ちゃんが死んだ三年次のクラスメイト。『陣内さんはなんでもできて、先生のお気に入りだった。おまけに美少女だったから、どこか近寄りがたかったのを覚えてる。事故で死んだと聞いたときは驚いた。おてんばなイメージがなかったから、窓にのぼって落ちたなんて意外だった』だそうよ」

と言った。

部長が、スピーカーに切り替えたスマホに口を寄せる。

「まさにお人形のような少女だったわけだね。で、三人目の証言は？」

「ここからが本題よ。三人目の先輩は女性で、知芹ちゃんとは一年から三年まで、ずっと同じクラスだったらしいわ。彼女の話は、知芹ちゃんが〝文武両道の優等生で、容姿もよかった〟ところまでは他二人と一致。でも、ここからが違うの。彼女は言ったわ。『陣内さんは、怖かった』と」

「ほう」

部長は唸った。

「それは具体的に、どう怖かったのかな？」

「変に脚色したくないから、聞いたことをそのまま伝えるわね。彼女いわく、『クラスで飼ってた金魚も、飼育小屋のうさぎも、陣内さんが当番のとき死んだ』『陣内さんを〝気取り屋〟としつこくからかった男子が、翌週車にはねられて重傷を負い、卒業まで学校に戻ってこれなかった。通学路の途中にあるヨシダさん家《ち》の猛犬が、陣内さんにだけ吠《ほ》えない。それどころかおびえて尻尾《しっぽ》を垂れる』……」

「……え、それだけ？　いやまあそれは、確かにちょっと不気味だけど」

　藍の言葉に、部長は首を傾げた。

「でもその程度なら、偶然で片づくんじゃないかな。飼育小屋のうさぎは、環境からいって病気にかかりやすい。金魚もそう寿命の長い生き物じゃない。お調子者の男子生徒なら、活発で注意力散漫なことが多いから、交通事故に遭う確率だって低くないよね。犬の件も……」

「待って。話にはまだつづきがあるの」

　藍がさえぎった。

「その人だってもちろん、『自分の気のせいじゃないか』『偶然だ』と思っていたのよ。でも三年生の夏休み直前、彼女は知芹ちゃんと、たまたま掃除当番で二人きりになった。そのとき知芹ちゃんは、にっこり笑って言ったんですって。『おかしなこと、考えちゃだめ』って」

　――おかしなこと、考えちゃだめ。

――わたしについて考えるのはやめて。見るのもやめて。これは忠告。

――クラスメイトが二人も三人も事故で……なんて、おかしいでしょう。これ以上はやりたくないの。

――あなたはあいつと違って、馬鹿じゃないよね。だから猶予をあげる。夏休みが明けるまでに、反省してちょうだい。

「彼女には、その意味がわかったそうよ。だから無言でうなずいて、掃除を終えたら家にまっすぐ帰った。そのことは、親にも担任にも言わなかった。夏休みがはじまっても心は晴れず、家に閉じこもって過ごしていた。……そうしたら、ある日あのニュースが耳に飛びこんだの。陣内知芹ちゃんが、自宅の三階の窓から落ちて死んだ――、と」

「そうか」

部長はうなずいた。

「そうか。……いや、ありがとう。やっぱり藍くんはすごいよ。文句なしに今夜のＭＶＰだ。店の前で待ってるから、早く来て」

通話を切り、次いで従弟《いとこ》を見上げる。

「ごめん泉水ちゃん、いますぐ金沢桐吾さんに連絡とってもらえる？　例の焦げた人形は、弟さんが人形供養のお寺へ持っていったんだよね。どこのなんというお寺か、具体的に知りたい」

了解、と泉水が携帯電話を耳に当てた。

従弟が通話する間に、部長は急いでカウンターへ戻った。マスターに向かって、連絡先入りの名刺を差しだす。

「すみません。カクテルに使う果物ってまだ残ってます？　このとおり、あやしい者じゃないので売ってください。桃……は季節はずれか。できれば林檎《りんご》だとありがたいな。もちろん、言い値で買いとります」

12

その頃、森司はこよみとともに、ツリー形のイルミネーションオブジェが輝く広場に戻っていた。

前述のとおり、金のチャームはこよみのデザートからあらわれた。

ナイフで切り分けたとき、かちりと手ごたえがしたようで、

「あ、これ……」

とこよみが言うが早いか、ウエイターが駆けつけて「おめでとうございます」と拍手をはじめたのだ。

「うんうん、おめでとう」

つられて拍手しながら、さてなにを訊《き》かれるのかな、と森司は待った。つい先刻、こよみ自身の口から「質問したいことがある」と匂わされたからだ。

しかし多少の間ののち、こよみの唇から出たのは、

「……先輩と一緒に、イルミネーションオブジェが見たいです」

という言葉であった。

そんなわけで現在、二人は広場にいる。

六時に来たときより、ずっと静かだ。取りまく灯《あか》りが三分の一ほどに減ったせいもあり、イルミネーションの美しさが闇に際立つ。

敷地内にはちいさめのオブジェが点々と並び、もっとも大きなツリー形のオブジェは中央にそびえていた。白と青の電飾でできあがった、高い三角錐《さんかくすい》だ。そしてやや背後に、本物の樅《もみ》の木らしいクラシカルなツリーがひかえている。

「綺麗《きれい》だなあ」

なかば口を開け、森司はおよそ平凡な感想を吐いた。

「ですね」

こよみがうなずいてから「そういえば」と言う。

「そういえば二年前、クリスマスのすこしあとに、並木道のイルミネーションを一緒に見ましたよね」

思わず、森司はどきりとした。

あの頃聞いたジンクスを、瞬時に思いだしたからだ。

――カップル未満の二人が並木道をぐるりと一周すると、うまくいく。

そんなジンクスがあると知りながら、二人であの道を歩いた記憶がある。

あれはやっぱり、こよみちゃんもジンクスを知っていたのだろうか。

いまさらながら、森司はそう思案した。知っていて、彼女にとっては遠回りなのに、おれに付きあって歩いてくれたのか。

――というか、あのときのおれはほんとに間抜けだったな。

半目になりつつ反省する。本来ならば、おれのほうから積極的に「歩こう」と誘うべき場面だった。しかもクリスマスプレゼントに、かなりしょうもないものをあげた気がする。

昔からおれはそういうところがあるんだ。悩みに悩みすぎると、思考があさっての方向へ飛んでしまいがちだ。とくに女の子のこととなると、悪い頭がいっそう悪くなる。

「でも今日は、あの並木道まで行けそうにないですね。ここからは遠いし」

残念です、とこよみが笑う。

「ああ、でも、今年はここで充分――」

言いかけて、森司はつづく言葉を呑《の》んだ。ついでに目も疑った。

なぜなら前方に立つカップルが、突如として熱い接吻《せっぷん》を交わしはじめたからだ。

熱いというか、濃厚であった。その上彼らはしっかと抱擁しあっていた。手足が体に巻きついている。それはもう、がっぷり四つと言っていいレベルであった。

慌てて森司は目をそらした。

だがそらした先にも、やはり同じ光景があった。

森司たちより年上とおぼしきカップルだ。やはり熱烈な接吻にいたっている。しかも男は女の腰に手などまわし、森司の基準では、あきらかに公序良俗に反していた。

——いやいやいや、ちょっと待て。

森司はうろたえた。

全身から、ふたたびの冷や汗が噴きだす。映画館で出したのと同じ種類の、気まずい汗だった。

じつを言えば、さっきからいやな予感はしていたのだ。

前方の男はやけに女の髪を撫《な》でさすっていたし、ななめ前のカップルはイルミネーションそっちのけで見つめあい、お互いの頬に触れたりしていた。はっきり言ってしまえば、いちゃついていた。そしてそれはただのいちゃつきではなく、エスカレートする気満々のいちゃつきであった。

気づけば森司たちは、似たようなカップル数組に囲まれていた。

——なんてことだ。

森司はとりあえず視線をツリーのオブジェに戻した。

こよみの顔が見られない。

映画のときとは違い、森司の選択ミスではなかった。ある意味もらい事故と言っていい。それでも、横の彼女が見られなかった。純粋にいたたまれない。

なんてことだ、と彼はいま一度慨嘆した。

どいつもこいつも破廉恥すぎる。いくら外国のお祭り――いや、外国の神さまの聖誕祭前夜だからって、アメリカナイズにもほどがある。

ここは日本だ。おまえらは日本人だぞ。森司は胸中で叫んだ。

おまえもおれも、しょせん平たい顔族なんだぞ。脳内映像ではハリウッド俳優のような美男美女がキスしあってるんだろうが、全然そんなことないからな。もっとおまえらは、こう、己を客観視することを覚えろ。

いや、盛りあがるまでは許そう。そこはまあ、おれだって人のことは言えない。好きな人を目の前にすれば心ははやるものだし、心臓は高鳴るし、体温は急上昇するし血圧だってたぶん上がっている。

盛りあがりすぎて、自分をクリス・ヘムズワースやジュード・ロウのごとき美男子に置き換えてしまうことも、そりゃないではない。いやむしろ、積極的に夢想することすらある。そこは認める。だからして諸君の気持ちが理解できないわけではない。ないのだが。

――とりあえず、家でやれ。

森司は強く思った。

自宅でやれ。頼むから、家帰ってやってくれ、と。

それならば誰も文句は言わない。第一おまえら、イルミネーションなんか見てやしないじゃないか。電飾など二の次、三の次ではないか。

その点、おれを見ろ。凝視してるぞ。いやほかにすることがないというか、おまえらを見るわけにいかないから、しかたなく食い入るようにオブジェを見ているのだが、それでも――。

と、そこまで考えた刹那《せつな》。

森司の視線が、ふとオブジェを通り越した。

後方のある一点に吸い寄せられる。フォーカスが合う。

暗い。見えづらい。だが視力はいいほうだ。

それに――ああ、なんてことだ。映画館に行く前に、気づいておくべきだった。やっぱり勘違いじゃなかったんだ。

森司はツリーオブジェの向こうにある、樅の木を見ていた。

根もとにプレゼントの箱やぬいぐるみの山ができている。その山に、人形が埋もれていた。覗《のぞ》いているパーツからして、全長一メートルはあるだろう。

「……こよみちゃん」

「えっ、はい」

こよみの肩が跳ねる。森司はしかし、一点を凝視したままだった。

「ごめん。ちょっと……電話かけていいかな」

身動きできぬまま、彼は低く言った。

「――いますぐ部長に、かけたほうがいい気がする。いや、そうしなきゃだめだ。絶対に」

13

ショットバーの扉の前で、部長と泉水、そして藍は合流した。

「イヴなのにごめんね」

と部長は藍に謝ってから、胸の前で両掌を合わせた。

「突然で悪いけど、藍くん櫛《くし》持ってない？　木製のだと嬉《うれ》しいな」

「え、櫛？　コームなら持ってるけど、普通のプラ製よ」

「じゃあこよみくん――は、そっか、デート中だったね。時刻が時刻だから、雑貨店も開いてない。さすがに、イヴデートを中断させるわけにはいかないよねえ」

「そうよ、人の恋路を邪魔しちゃいけないの」

藍がぴしゃりと言ったとき、

「静かに」

と泉水がさえぎった。携帯電話を耳に当てたまま、唇に指を立てる。

「桐吾先輩が、やっと電話に出たようだ。――先輩？　いまどこです？」

「自転車で、走ってる！」

スピーカーにした携帯電話から、金沢桐吾の声が流れでた。息を切らしている。ぜいぜいとあえぐ音まで聞こえる。

「すまん。出られ……なくて！　漕《こ》ぎながら、しゃべってるんで、聞こえ、づら……」

雑音が大きく走ったのち、

「聞こえづらかったら、すまん！」

ひと息に桐吾は言った。

「こっちは全然かまいません。それより、なぜ走ってるんです？」泉水が冷静に訊《き》く。

「もしかしてそれは、去年の件と関係ありますか」

しばし、沈黙があった。

雑音が幾度も走る。自転車のブレーキ音らしい音が空気を裂き、がちゃがちゃと金属音がつづいた。やがて荒い呼吸とともに、

「……なんで、……わかった？」

と桐吾が応答した。

「おれは……いま、弟を追ってる真っ最中だ……。やつが黙って家を抜け出したのは、一時間ほど前らしい。警察には、通報してない。知ってるのはまだ、家族だけだ……。どうして、おまえにはわかったんだ？」

「それはあとで説明します。一口には無理だ」

部長が割って入った。

「桐吾さん、それより訊きたいことがあるんです。弟さんは、例の人形をどこのお寺へ持っていったんですか？　寺号を教えてくれませんか」

　桐吾が息を呑《の》む気配がした。彼は一拍の間を置いて、

「いま、そいつを訊かれるとは……ますます不思議だ」

　呻《うめ》くように言った。

「それを尋ねるということは、きみたちもうっすら察してるんだろう。そうだ、あいつは……柳介は、人形をどこへも持っていきゃしなかった。供養寺どうこうなんて、嘘だったんだ。親にもおれにも内緒で、こっそり隠し持っていやがった」

「いつ、それがわかったんです？」

「今日だ。あいつがいなくなったと、親から電話があってな。『捜してくれ』と頼まれた。……あれから一年以上経ったが、柳介はまだ出歩ける体じゃないんだ。実家に駆けつけると、あいつの部屋の押し入れが開いて、中の布団が全部引っぱり出されていた。そして布団に真っ黒な煤《すす》と、剥《は》げた人形の塗料がこびりついていて……」

「押し入れの奥に突っこんで、隠してたんですね」

　部長が唸《うな》った。

「そうらしい。あいつが望まない限り、親は遠慮して掃除に入らなかったしな」

　桐吾は、いまにも舌打ちせんばかりだった。

「だからおれはいま、弟のスマホのＧＰＳを追って走ってたんだ。だが到着まで、あと

二十分はかかると思う」

「GPSはどこを指しています？」

「都波《となみ》区だ。待ってくれ。そっちに座標を送る」

「お願いします。弟さんと人形を無事に確保できたら、ぼくらにも連絡もらえますか？　おせっかいに聞こえるでしょうが、気になる件がありまして」

「わかった。連絡する」

通話が切れた。

一分と経たず、部長のスマートフォンが鳴った。

桐吾からのLINEだ。柳介のGPS座標を記したメッセージであった。部長が「よし」とうなずく。

「これで三体ぶんの場所がわかったぞ。たぶん、全部で五体もしくは六体あると思うんだよなあ……」

ぶつぶつ言いながら、彼はSNSのアプリをひらいた。『人形　大きい　ツリー』『人形　ツリー　怖い』などでワード検索をかけ、条件を画像付きに絞る。

「あった。丘江《おかえ》町五丁目の商店街」

声を上げ、部長は液晶を藍と泉水に向けた。

「藍くんの弟と同じく、撮ってSNSに上げた人が複数いるよ。あの人形、大きくてリアルだもんね。プレゼントの山で隠したって目立つよ」

「それはそうと、誰が人形を置いてまわってるの？」

と藍が問う。

「桐吾さんの弟？　だとしたら、いったいなんのために？」

「いや。ぼくの予想では、陣内トキ子教授だと思う」

部長は即答した。

「業者にでも頼んで目当ての場所にツリーを設置したか、それとも付近のツリーを利用したか、そこまでは不明だけどね。どのみち今夜は、どこに何本ツリーがあろうが不自然に思う人はいない。多少おかしな場所にあっても『酔っぱらいが動かしたか』といぶかる程度だ。考えたよね」

「え、どういうこと？　自分だけでわかってないで、もうちょっと説明……」

説明してよ、と藍が言いかけたとき、部長のスマートフォンがふたたび鳴った。今度は電話の着信音である。

「先輩か？」と泉水が訊く。

「ううん、八神くんだ。なんだろう？」

首をかしげて、部長は画面をタップした。

14

「もしもし、部長ですか？」

噛《か》みつくように森司は叫んだ。

「うん、ぼく」と黒沼部長の声が耳を打つ。

「どうかした？　ちなみにこっちには、泉水ちゃんと藍くんもいるけど」

「ほんとですか。それはよかった」

森司は安堵《あんど》の息をついて、

「突然ですが、一年前の人形相続の件を覚えてますよね？　あのほら、泉水さんの先輩が依頼者で、遺産相続のために世話がどうのこうのってやつです。肝心の人形が火事で燃えて、いったん落着しましたが」

「……覚えてるよ。なんでいまその話を？」

柄にもなく、部長が探るように問いかえしてくる。

おかしいな、と森司はぴんと来た。普段の部長なら「ああ、あの一件ね。もちろん覚えてるよぉ」と飛びつき、かつこちらに間を与えず長広舌をふるうはずだ。それがないということは、もしや――。

「いま、おれと灘の前に、その人形があるんです」

森司は声をひそめて言った。

「燃えたはずなのに、焼け焦げひとつない。でも確かにあの人形なんです。間違いない。いやな感じが、そっくり同じです」

「それはもしかして、クリスマスツリーの根もとにあったりする？」

部長が言う。森司は息を呑んだ。

「どうしてそれを」

「よしわかった。八神くん、いまいる場所だけ教えて。あとはぼくたちのほうで、なんとかする。心配しないで」

「そんな！　おれたちもそっちに合流しますよ」

森司は送話口に怒鳴った。しかし言い終えるか終えないうちに、

「でもデート中でしょ？」

「デートはどうするのよ」

「いいからデートしてろ」

と、先輩たちの三者三様の声が同時に響いた。

森司は思わず振りかえり、こよみを見た。

こよみが無言のまま、首を左右にぶるぶる振る。だよな、と納得して森司はいま一度怒鳴った。

「いや行きますって！　あんなの見ちゃったら、もう無心に楽しめません。でも、お気

遣いはありがとうございます！」

　しかし結局は、部長たちがタクシーでバスセンター前へとやって来た。森司たちは一階に下りて彼らを出迎えた。

「こよみくん、木製の櫛《くし》持ってない？」

　二人の顔を見るが早いか、部長が駆け寄って問う。

「えっ？　はい。ポーチに入ってますが」

「黄楊《つげ》？」

「いえ。確か桃の木製です」

「なにそれ。そんなのあるんだ、最高」部長が飛びあがって喜ぶ。

　きょとんとするこよみに、彼は両掌を合わせて拝んだ。

「ごめん。ちょっとだけ貸して。もしもの場合はあとで弁償するから」

　その後、部長は聖木伝説と呪的逃走について、森司たちにざっと説明した。

「ちなみにＳＮＳで見つけた丘江町五丁目のツリーには、鈴木くんに行ってもらってる。さっきタクシーの中から電話したんだ。彼のアパートは、丘江町に近いからね」

　部長はそこで息継ぎをして、

「知芹ちゃんの死後、ぼくの仮説では、人形は五体作られたはずだ」

　と一同を見まわした。

「巷間《こうかん》に広まった噂とは違い、作らせたのは陣内邦彦教授ではなく、母親のトキ子教授のほうだと思う。邦彦教授は、むしろ止める立場だったはずだ」

「なにを？」

藍が眉根《まゆね》を寄せた。

「なにを止めたかったの？　娘の遺体から人形を作ること？」

「それもあるけど」

部長はうなずいてから、

「おそらくは、娘の知芹ちゃんを生きかえらせることを――再臨の儀式を、止めたかったんだと思う」

と告げた。

「たぶん儀式には、五体すべての人形が必要なんだ。世間はみんな誤解していた。邦彦教授は、娘の遺骨と遺髪から作った人形を溺愛《できあい》していたんじゃない。彼は五体のうち一体を、トキ子教授から奪うことに成功した。そしてその後も死ぬまで、元妻の目論見《もくろみ》を阻みつづけていたんだ。

その証拠に、彼は人形の髪を毎日くしけずり、リボンを替え、新鮮な果実を供えた。櫛、紐《ひも》、果実――。娘の霊を、こちらへ来させないための三種の呪物だよ。さらに自宅のセキュリティを固め、元妻に奪いかえされぬよう細心の注意をはらった。五体すべて揃わない限り、元妻にはなにもできないと彼は知っていた」

「邦彦教授は、トキ子教授と共同名義の論文まで発表しているからな。神話学と民俗学には、専門家並みの造詣《ぞうけい》があった」

泉水が相槌《あいづち》を打つ。

「むろん三種の呪物についても、十二分な知識があったはずだ。彼が生きている限り、元妻は人形に近づけなかった」

「そう。でも残念なことに、邦彦教授は高齢だった」

部長は無念そうに言った。

「トキ子教授は四体の人形とともに隠棲《いんせい》しながら、残る一体を奪いかえす機会を狙っていたんだろう。そしてついに、邦彦教授が亡くなる日が来た。だが遺言と弁護士に阻まれ、人形は縁戚《えんせき》である金沢家にわたった」

「そういや桐吾先輩が、『陣内トキ子教授から、実家宛てに何度か電話があった』と言っていたっけな」と泉水。

「『あれはわたしの娘だ。どうか譲ってくれ』という電話だ。しかし先輩の両親が、その都度すげなくことわったらしい」

「なるほど。その時点では、邦彦教授の計画どおりだったんだね」

部長が相槌を打って、

「だが問題が起こった。相続人である金沢柳介さんは、三種の呪物による毎朝の儀式を怠りはじめたんだ。そうなれば当然、なにかが染みだしてくる。とどめておけなかったものが、じわじわと洩《も》れてくる。柳介さんはその影響を受け、おかしくなってしまった。一年前に、八神くんたちが見た彼の姿がそれだ」

「柳介さんが焼けた人形を隠し持ったのも、その〝影響〟のうち？」

　藍が問う。

「だと思うね。かえすがえすも、自分の馬鹿さ加減が恨めしいよ。一年前のあの日、柳介さんが兄のアパートを急襲した理由を、ぼくはもっと掘り下げるべきだったんだ。なのにそのサインを見のがしてしまった」

　部長は悔しげに顔をしかめていた。

「憑《つ》かれた柳介さんと、トキ子教授は水面下でコンタクトを取ったんだろう。十五年も待ちつづけた彼女が、相続問題ごときであきらめるはずがないからね」

「コンタクト……。でもあの頃の柳介さんと、会話が成り立ったとは思えません」

　森司は言った。

「彼は半分、あの世にいるようなものでしたから」

「だよね。トキ子教授は彼と会話したわけじゃない。おそらく、得たのは情報だ。彼女にとって喉《のど》から手が出るほどに欲しかった情報。というか、予言かな」

「予言？」

「ほら、桐吾さんの両親が言ってたじゃない。『柳介が予言したとおりに、角のサトウさんが亡くなった。イダさんの娘さんは事故に遭った』と。なかば彼岸の住人となった柳介さんは、この世ならざるものが視えるようになっていた。その彼が、トキ子教授に託宣したんだ。国内にある聖木のうち『猿蟹の木』と『花咲かの木』の二本が、近ぢか落雷で倒れるだろう――とね」

　部長は一同を見まわして、

「そこで思いだしてほしいのが、陣内夫妻が共同名義で発表した論文『聖木伝説―死と再生、ならびに生命の象徴としての樹木―』だ。トキ子教授は、聖木の力を知っていた。娘を再生させる儀式には〝力〟が要る。死と再生をつかさどる聖木に、雷のエネルギーがまともにぶち当たるとなれば、これ以上うってつけの日はない。だからトキ子教授は、柳介さんに兄のアパートを急襲させた。なにより不可欠な人形を、五体揃えるためだよ」

「でも、なぜ柳介さんはトキ子教授に協力したの？」

　藍が尋ねる。

「彼は知芹ちゃんと、なんの関係もないでしょう」

「柳介さん本人はね。でも、柳介さんを支配していたものは違った」

　部長は答えた。

「それらとトキ子教授の目的は、同じなんだろう」

「目的って？」

「おそらく冥界《めいかい》への扉を開けることだ。トキ子教授は、死んだ娘をこの世に再生させたい。それらはこの世に亡者を解きはなちたい。要するに、彼らは地獄の釜《かま》のふたを開けようと目論んでいるわけだ」

「知芹ちゃんを生きかえらせるだけじゃなく、ほかの死人も――ってこと？」

　藍が目をまるくする。

「冗談じゃない。社会がパニックに、いえ、パニックどころの話じゃないわ。それこそ天地がひっくりかえるわよ。そんなこと、可能なの？」

「可能かどうかは、ぼくにはわからない。でもトキ子教授はできると信じているんだろう。だからこそ彼女はあの日、なんとしても儀式を取りおこないたかった」

「しかし、火事が起きた」

　泉水が言う。部長は彼にうなずいた。

「そう、それだ。さいわいなことに、やつらも百パーセントすべては予知できないらしいね。おかげで五体のうち一体が燃え、柳介さんの中に巣食ったものはいったん彼の中へもぐった……」

　部長はそこで嘆息して、

「あのときはほんと、運がよかったよね。一年前は、ぼくらの誰も真相にたどり着いていなかった。なのにひとりでにことがおさまってしまった。これこそ神のご加護ってやつかもな。とはいえ二度も三度も、加護を期待しちゃいられない」

「ですよ。第一やつらは、柳介さんを手ばなしてなかったんですから」

と森司。

「やつらは柳介さんに人形を隠させ、ふたたび待った。いつかまた、チャンスがめぐってくる日を待っていた」

「そうだ。トキ子教授は次の大きな落雷が起こる日、つまり今夜まで、約一年をかけて準備しなおした。だが聖木への自然な落雷はもう望めない。だから人為的に、ある聖木で代用しようとした。それがクリスマスツリーだ」

部長はつづけた。

「クリスマスツリーは本来、聖書で言うところの『知恵の木』の象徴なんだ。アダムとイヴはその実を食べて楽園を追われ、地上で生きる人間となった。そしてキリスト教と結びつく以前、常緑樹である樅《もみ》の木は、人びとにとって生命力と不死の象徴だった。つまりクリスマスツリーとは、知恵の木であると同時に生命の木でもあるんだ。まさに聖木の中の聖木だよ」

「おまけに、この季節と立地が味方しやがる」

泉水が不快そうに言った。

「冬季の日本海側では、雪が積もる前にたいてい雷をともなう。いわゆる〝雪おろし〟の雷だ。しかも冬季雷の発生エネルギーは、夏季雷の約百倍とも言われる。あとは先輩の弟が、大きな落雷の時刻と地点を予言できさえすれば……」

「そう。儀式が完成する」

部長はうなずいた。

「ただしクリスマスツリーは、地に根ざした本物の聖木じゃあないからね。そのぶん、儀式をすこし修正する必要があった。おそらく人形とともに、聖木を五箇所に配置するという手間が生じたんじゃないかな。そのせいでどうしても人目に付いてしまったね。スマホやSNS文化の発達は、やつらにも予想外だっただろうから……」

彼のスマートフォンが鳴った。

「鈴木くんだ。もしもし？」

「五丁目の商店街、着きました！」

スピーカーフォンから、鈴木の声が響く。走ったらしく、ぜいぜいと喉を鳴らしていた。

「いま画像のツリーの前にいてます。せやけど、例の人形はありません。プレゼントの山を動かした跡はあるのに、人形だけ消えてもうてる」

「しまった。思ったより早いな」

部長は顔をしかめた。

「儀式はもう次のフェーズへ移ったのか。こいつはまずい。ぼくが間抜けなせいで、どんどん後手にまわらされてる」

「いえ、違《ちゃ》います」鈴木がさえぎった。

「一番まずったんは、たぶんおれです。——泉水さん、あのショットバーで白土澪子さんに言うたでしょ。『通りに立っている子供の霊は七、八歳の女の子じゃない。五歳くらいの男児だ』って。そんときおれ、あれっと思うたんです。けど、空気壊したなくて、黙ってしもた」

「なんだ？　なんの……」

なんのことだ、と泉水が言いかけてはっとする。

彼はスマホに身をかがめて、

「もしかして、もう一人視えたのか？　いや違うな。一人だけか。おまえには、小学校三、四年生くらいの女児が視えたんだろう」と問うた。

「そのとおりです。おれが視るやつは、たいていろくでもないもんばかりなんで、いつものことだと思ってスルーしました。よくない気配はしとったのに……」

「気に病むな。おまえは去年いなかったんだ、しかたない」

そういたわってから、泉水は考えこむように眉根《まゆね》を寄せた。

「しかし、そうか。どうもおかしいと思ったぜ。今夜はやたらと霊障が重なりすぎてる。なにもかもが、この『再臨計画』に引きずられてのことか」部長が言う。

「だったらなおさら、ぼくが早く気づくべきだったよ」鈴木が悔やむ。

「いやおれが、もっと早《はよ》う口に出していれば」

「あーうるさい！　反省会はあと！」

藍が二人に怒鳴った。

「向こうが一年以上前から計画してるなら、こっちが後手にまわるのは当然でしょ。ぐだぐだ悩んだって無駄よ。それより――」

その語尾をふさぐように、またも着信音が鳴った。今度は泉水の携帯電話だった。

「泉水、おれだ！　GPSの地点へ着いたとこだ」

桐吾の野太い声が流れだす。

「だが弟はいない。人形も見あたらない。河原にぽつんとクリスマスツリーがあるだけだ。だが焦げた破片と、あいつのスマホが草むらに落ちてた。柳介のやつ、いったいどこに……」

「大丈夫。行きさきはわかってます」

部長が横から言った。スマートフォンのアプリでマップを表示させる。

「いままで得た情報にGPS座標の地点を加えると、五つの点になります。これを線で結べば、ほら、正確な五芒星《ごぼうせい》になる。魔法円だ」

円の中心を藍が指した。

「ここってなに？　なにがあったっけ？」

「廃倉庫だ」

答えたのは泉水だった。

「二年前につぶれたリサイクルショップの倉庫がある。当時おれも、日当一万で廃品整理に行った。まだ確か、取り壊されていないはずだ」

「廃倉庫？　リサイクルショップの？」

桐吾の声がスピーカーから洩《も》れた。「待ってくれ。おれも一緒に行――……」

みなまで言わせず、部長は通話を切った。


十分後、一同は二台のタクシーで魔法円の中心に向かっていた。

「すこし前も中学校に、異界へ繋《つな》がる〝穴〟をひらこうとした輩《やから》がいたよね。あれと同じ――いや、もっと悪いな」

後部座席で、部長が唸《うな》った。

「ただの穴じゃあないんだ。文字どおりの、開けてはいけない釜の蓋《ふた》がひらく。もしそうなれば、膨大な亡者が街へあふれ出て……」

そこで彼は言葉を呑《の》んだ。タクシーの中でする話題ではないと気づいたのだろう、短く息を吐く。

「それにしても、円谷勇雅くんはいい子だったね。『木のないところへ行け』か。ぼくらの身を案じて、消える間際に忠告してくれた」

「でも結局、その助言は無視しちゃったけどね」

藍が嘆息し、肩をすくめた。

「それどころか自分から向かってるんだもの。ほんと、世話ないわ」

15

　泉水の言葉どおり、魔法円の中心にある廃倉庫はいまだ取り壊されずに建っていた。看板を剝《は》がされたのみで、外壁も屋根も錆《さ》びるがままに打ち捨てられている。

　敷地のまわりは鉄条網付きの柵《さく》で囲まれていた。だが柵の一部が壊れており、誰でもくぐって出入りできた。

　シャッターには、スプレーで下手な落書きがほどこされていた。赤錆《あかさび》だらけの扉も破壊され、入り口付近にはビールの空き缶や煙草の吸い殻が散乱していた。

「いいね？　打ちあわせたとおりやろう」

　部長は一同を振りかえった。

「こっちに三種の呪物は揃ってる。バーで買いとった林檎《りんご》、こよみくんの櫛《くし》、そしてぼくのマフラーだ。方法としては、間違っていないはず。――それと、八神くん」

　彼は森司を見上げた。

「きみは〝視える〟人だし、この中じゃずば抜けて足が速い。どうしても一番動いてもらわなきゃだけど……大丈夫？」

「わかりません」

　森司は正直に答えた。そして、即座につづける。

「わかりませんけど、でも部長が言うような、そんな事態は止めたいです。もしこの世が地獄と地続きなんてことになったら、おれの家族とか灘とか、友達とか親戚《しんせき》とか灘とか灘まであぶないじゃないですか。もちろん怖いし、やりたくないけど……ここまで来たら、いやだなんて言えません」

「だよね。ありがとう」

部長が森司の肩に手を置く。ほぼ同時に、遠くで雷鳴が轟《とどろ》いた。

藍が空を見上げる。

「風が強くなってきた。雷雲が近づいてるわ」

泉水がうなずいた。

「気配からして、雪おろしのでかい雷だな。ただでさえ冬季雷ってのは、放電時間が長く大きいんだ。おまけに落雷の頻度も高いと来てる」

彼は倉庫を振りかえった。

「——中に、いるな」

「いますね。それは、おれにもわかります。伝わってくる」

森司は同意し、指さきで壁に触れた。途端に短く叫ぶ。

「泉水さん」

はっとしたように泉水が彼を見やる。

森司は壁に触れた己の手を、視線で指した。

ずずず、と指が、手が、腕が壁にのめっていく。コンクリートの壁がゼリーのように震えながら揺れ、たゆたい、腕をすこしずつ呑みこんでいく。

入り口だ、と森司は思った。

扉ではない壁が、どこかへつながっている。連れて――いや違う、持っていかれる。

「向こうです」

森司は叫んだ。

「泉水さん。去年、夕方ごろに寒気を感じましたよね？　あれと同じだ。おれたち、まだあいつと、なにかしら共有しているようです」

「一度でも視ておいてよかった、ってことか。いいか悪いかは、まだわからんが……」

つぶやいて、泉水も壁に触れた。背後の部員たちを振りかえる。

「おい、全員おれか八神を摑《つか》め。いいと言うまで手を離すなよ。どこにつながってるかわからん。途中で置いていかれたくなかったら、離すな」

そう泉水が怒鳴ったとき、森司の腕はすでに肘《ひじ》の上まで呑みこまれていた。

もはや自力では抜けない。引きこまれる。呑まれた先の感覚がない。

いったいどこへ――といぶかった瞬間、ずるり、と全身が壁へのめるのを感じた。

意識が暗転した。

一瞬後、森司は倉庫の中にいた。

いや、実際に倉庫かはわからない。だがすくなくとも、見た目はそれらしかった。廃品とも在庫ともわからぬ家電や家具が、壁ぎわへ押しつけられるように並んでいる。壁も床も、打ちっぱなしのコンクリートだった。湿気があって寒い。薄暗いはずなのに、やけに視界がクリアだ。

次いで森司の目を射たのは、クリスマスツリーであった。

樅《もみ》の木が五本、倉庫の中に飾りつけられている。

四隅に一本ずつ。そして倉庫の中心に、ひときわ大きな一本がそびえ立つ。色とりどりのオーナメント。赤に金にと点滅する電飾。靴下や赤い実が吊《つ》りさがり、頂きには金の星が光る。

中央のツリーの根もとに、金沢柳介がいた。

ぐったりと幹に寄りかかっている。まぶたを閉じ、ぴくりとも動かない。

桐吾さんに似てる――と森司は思った。

去年見たときは気づかなかったが、顔立ち自体はよく似ている。そう思えたのは、柳介が赤ん坊のように眠っていたせいだろう。無垢《むく》な寝顔だった。その歳までに得た世知や世俗の垢《あか》を、すべて剝ぎとった顔つきであった。

「八神！」

泉水の声だ。慌てて森司は振りむいた。

そこに、泉水がいた。部長が、藍がいた。そして森司のすぐ背後にはこよみがいる。

どうやら全員がこちらへ〝来た〟らしい。いや、引き寄せられたと言うべきか。

「みんな、動かないで」

部長が言った。

「床をよく見て。その線の中に、入っちゃだめだ」

その言葉で、はじめて森司は床を見下ろした。

確かに、なにかが書かれている。白い線、いや、円だ。床いちめんに、直径五メートルほどの魔法円が描かれていた。

円の中心には――と森司は目を戻した。

そこには柳介とツリーがあった。さきほど見たのと変わらない光景だ。だがひとつ、決定的に異なる点があった。

ツリーの前に、いつの間にか人影が立っていた。

「……陣内、トキ子教授」

部長が、あえぐように言った。

奇妙な声音だった。恐怖と畏《おそ》れをたたえながらも、どこか感嘆が混じったような。

――あれが、陣内トキ子か。

森司も呆然《ぼうぜん》と彼女を見た。

枯れ枝のように痩《や》せさらばえた、白髪の老女だった。真っ白でまばらな髪を、耳のすぐ下で切りそろえている。

細く高い鼻梁《びりょう》に、薄い唇。若い頃はきっと美しかっただろう。しかしいまは渋紙のような皮膚が頭蓋骨《ずがいこつ》に張りつき、双眸《そうぼう》だけが異様にぎらぎらと輝いていた。

気づけば、描かれた五芒星《ごぼうせい》の端それぞれに人形が座っていた。

陣内知芹の遺骨と遺髪で作られた人形だ。どれもそっくりだった。黒い瞳《ひとみ》、黒い髪。髪のリボンと同色のドレスを着ている。

だが北東の方角に置かれた人形だけは、見分けが付いた。髪は焼け落ち、焦げて煤《すす》だらけの顔が、義眼と歯を剝《む》きだしていた。

「——まさか、この夜に飛び入りのゲストがあるとはね。驚きだわ」

陣内トキ子は、顔いろひとつ変えずに言った。

「ぼくらにとっても、驚きの夜ですよ」

部長が苦笑して応《こた》える。

「どうやら今夜のぼくらには、目に見えないなにかが味方しているらしい。あなたを抑止するための力が、どこかで大きくはたらいているんだ。しょせんぼくらは、導かれているに過ぎない。邦彦教授もきっと、その力を何度か感じてきたんじゃないかな。あなたはどう思います？」

「……夫は、娘を愛さなかった」

抑揚なくトキ子が言った。

「娘の知芹には、確かに、生まれつき残酷なところがあったわ。水を張ったバケツに子猫を押しつけて殺したり、小鳥を素手で握りつぶしたり……。でも、すばらしいところもたくさんあったのよ。なのにあの人は、あの子の美点を見ようとしなかった。あの子を、毛ぎらいするばかりだった」

「トキ子教授」

部長が一歩進んだ。魔法円を踏まないよう、留意しつつ彼女に迫る。

「あなたは——いったいいつ、娘さんを身ごもったんです？」

「わからない」

呆《ほう》けた声で、トキ子は言った。

「嘘じゃないわ。ほんとうにわからないの。わたしはあのとき、すでに閉経しかけていた。夫を含め、どの男性とも三年以上性交渉がなかった。その上で、知芹をさずかった。……でも、それがなに？　わたしが産んだ子なのよ。だったら、わたしたち夫婦の子に決まってる」

口調が変わった。

平坦《へいたん》だった声音に、はじめて激情がこもる。

「夫は馬鹿だわ。むしろ名誉に思うべきだったのよ。——わかるでしょう？　あれは、一種の処女受胎だった。生物学上の父親になれなかったからって、引け目を感じる必要はなかった。わたしはマリア。あの人はヨゼフ。なのにあの人は、その光栄を、選ばれし者の役割を理解しなかった」

トキ子は宙を見つめて語っていた。みずからの正しさを、微塵《みじん》も疑っていない口ぶりだ。狂信者の口説だった。

しかし森司はそのとき、彼女を見ていなかった。

その視線はトキ子を通り越し、はるか後方に向いていた。ツリーにもたれ、ぐったりとうなだれる金沢柳介に吸い寄せられていた。

――変形している。

それは、変わりつつあった。

あの壁と同じだ。ゼリーのようにたゆたっている。波立ち、震え、蠢動《しゅんどう》している。

柳介の皮膚の表面が、さざ波のようにこまかく揺れる。うねうねとかたちを変えていく。その波がすこしずつ大きくなり、端からぼこっ、ぼこっとこまかく隆起する。膨れ、泡立ち、あきらかに変容しつつあった。

――柳介の、肉体を使っているんだ。

森司は悟った。

金沢柳介の骨と肉を使って、なにかが錬成されつつある。おそらくは〝娘〟が――陣内知芹が再生しようと、この世に新たに生まれいでようとしている。

悲鳴を上げたかった。だが、できなかった。

視線をそらせない。見たくないのに、目を奪われる。

ひどくグロテスクな眺めだった。肉がさざめき、波打ち、つぶれては盛りあがる。骨がごきごきと歪《ゆが》み、奇妙なかたちにひしゃげていく。

　なのにそれは、同時に蠱惑《こわく》的でもあった。あらがえない魅力に満ちていた。この世ならざるものだけが持つ、痙攣《けいれん》的な美と強い磁力があった。

「知芹は、特別な子よ」

　うっとりとトキ子が言う。

「知能だって運動能力だって、凡人をはるかに凌《しの》いだ。いえ、それだけじゃないわ。あの子は、手を触れずにものを壊した。人間の聴覚では聞こえない声で、犬を狂乱させた。一睨《ひとにら》みしただけで発火し、空き家を一軒焼きつくしたことさえある。――知芹が生きていたなら、きっと多くのことを成しとげたわ。あの子は、新時代のイエス・キリストになったはず」

「さてね。それはどうでしょう」

　部長が低く言った。

「ゴルゴダの丘で磔刑《たっけい》にされたイエスと違って、あなたの娘は自力じゃ復活できなかった。その一点だけでも、救世主の器かどうか大いに疑問だ。邦彦教授もきっと、ぼくと同意見だったと思いますよ。〝もしもキリストの復活がないならば、われわれの宣教はむなしく、汝《なんじ》の信仰もまたむなしい〟――」

　トキ子は彼の引用を無視して、

「夫は、ほんとうに愚かだったわ」

と吐き捨てた。

「あの人はわたしの留守を狙って、娘を殺したの。……知芹は、まだ幼かった。人間の奸智《かんち》をすべて見抜けるほど成熟していなかった。あの人は知芹を窓から突き落とし、この世から娘の肉体を葬った――。許せない」

顔を上げる。彼女の双眸は、癒《い》やされぬ怒りに燃えていた。

「知芹を失ったのは、世界の損失なのよ。あの子は帝王になれた。あの子ならきっと、この世界を支配したわ」

「そんな世界はごめんだなあ」

部長は失笑した。

「残念です。陣内トキ子教授。かつてぼくは、あなたの大ファンだった。いつかお会いできる日がきたら、著書にサインをいただきたいとまで思ってた」

さらに一歩、部長が慎重に前へ出る。

そのとき、森司は気づいた。

柳介を取りまく五芒星が、ぼうと光っている。内側から光をはなっている。

いまや柳介は床に突っ伏していた。肉のうねりは、左肩から先に集中していた。腕が五倍にも膨れている。皮膚が泡立ち、ぐねぐねと骨ごと不定形によじれる。

かつて肘《ひじ》があったあたりで、なにかが白く光った。

その正体を知って、森司は息を呑《の》んだ。

目だ。眼球だった。波打つ肉の中に、いびつな眼球がぽつりと生まれている。しかもそれは、まばたきしようとしていた。不《ぶ》恰好《かっこう》にまわりの肉を引き攣《つ》らせながら、脈打つように蠢《うごめ》いていた。

雷雲が近いんだ——。森司は悟った。

儀式は、とうにはじまっている。雷を迎え入れるべく、柳介という肉の容器《いれもの》が待ち受けている。人形とともに、大いなる力の来襲に備えている。

——でも、不完全だ。

彼はまぶたを細めた。

焦げた人形を置いた一角。その一箇所だけが、薄ぼんやりと暗い。翳《かげ》りを帯びている。

なにをすべきかは、すでにわかっていた。

なぜだろう、と思う。泉水が言うように、去年あれを視たせいだろうか。まだあれらと、どこかでつながっているせいなのか。

泉水と視線が合う。彼もまた、己の役目を心得ているのがわかった。皮膚で感じとれた。

部長はまだ話しつづけていた。トキ子の気をそらし、注意を集めている。

「ぼくはあなたの論文を、高校時代、夢中で読みました。とくに『スサノオ論争をめぐって——神話学および人類史学の観点から——』や、『ローラシア神話における誕生と滅亡』はよかった。暗唱できるほどに読みこんで……」

床を蹴《け》って、森司は走った。

陣内トキ子の意識は、完全に部長に向いていた。五芒星《ごぼうせい》すれすれに、彼女の脇を全速力ですり抜ける。

狙いは焼け焦げた人形だった。わずかに残った毛髪を掴《つか》み、引き寄せて腕に抱えた。

勢いあまって肩から壁にぶつかる。

振りかえり、そして森司は視た。

人形を失った箇所から、早くも五芒星の光にほころびが生じていた。

すこし前までは、わずかな翳りにしか見えなかった。しかしそれはいまや、はっきりと闇だった。真っ黒い深淵《しんえん》が、ぽっかりと口を開けて彼らを見ていた。

柳介の体が、大きく跳ねた。

いま一度森司は駆けた。部長たちのいる方向へ、前だけを見て走った。

――闇が、襲ってくる。

それがわかった。見ずとも伝わってきた。

柳介の血と肉と骨を使って再生しようとしていたもの――それが、ほころびを裂いてどっと噴きだすのを感じた。気配が迫る。まっすぐに向かってくる。

「みんな逃げろ」

部長が叫んだ。

「儀式を、もっと古く大いなる儀式で塗りつぶし、上書きする。呪的逃走の儀式をはじめるんだ」

走りながら、彼が背後になにか投げつけるのが視界に入った。

たぶん林檎《りんご》だ、と森司は思った。三種の呪物。この世にあってはいけないものを、冥《めい》界《かい》に送りかえす儀式。

次いで、部長は自分のマフラーをほどこうとした。

だがほどけなかった。首にきつく巻きついている。蛇のごとく彼にまとわりつき、絞めあげている。

いち早く気づいたのは泉水だった。しかし彼の位置からは、間に合わなかった。代わりにこよみが部長に飛びつく。首に巻きつくマフラーをほどこうと、手をからめる。

闇が、どっと噴きあがった。

凝ったその黒い闇には、はっきりと意志があった。思考があった。部長たちがなにをどう目論《もくろ》んでいるか理解していた。部長とこよみを目がけて襲う。はるか高みから、どす黒い津波と化して押し寄せる。

その刹那《せつな》、森司の体が勝手に動いた。

まったくの無意識だった。声もあげず、彼は手の中のそれを闇に向かって投げた。

——ネクタイ。

つい一時間前、こよみからもらったネクタイの一本だ。

なぜだ、と思う。いつの間に、とも思う。彼女からもらった箱は、この倉庫に来たとき持っていなかった。こちらには、持ってこられなかったはずだ――。

しかし森司は同時に、ああそうか、と納得していた。

こちらにすんなり入りこめたこと。今夜、いくつかの予知があったこと。

必ずしも、闇とつながっていたせいではない。大いなる闇の意志がはたらくとき、そこには必ずもうひとつの意志もはたらくのだ。闇の手を阻み、常世から引き剥《は》がすための力が――。

黒い津波が、どろりと崩れるのがわかった。

部長とこよみにたどり着く前に、力を失う。失速する。

こよみに支えられて、部長が呪物の最後のひとつを投げた。櫛《くし》だ。

津波が内側に大きくへこんだ。しゅうしゅうと音をたて、黒い波が――闇が、縮まっていく。すこしずつちいさくなり、よじれ、ねじれながら収縮していく。

――穴だ。

魔法円の中心に、黒い穴があいているのを森司は視た。

確かに視たと思った。が、それは一瞬だった。間髪容《い》れず、泉水が廃品の冷蔵庫を真上に叩《たた》きつけた。

「泉水ちゃん！」部長が叫ぶ。指をさす。

その指示どおり、泉水は五芒星の中心に立つツリーを思いきり倒した。

直後にどん、と激しい衝撃が夜を裂いた。

森司の視界がくらんだ。真っ白に染まる。なにも見えない。地面が揺れ、体が投げだされる感覚があった。

そのまま、なにもかもが消えた――と思った。

数秒後、森司ははっとわれに返った。

彼は、コンクリの床に尻《しり》を突いていた。

廃倉庫の中だ。廃品とも在庫ともわからぬ家電や家具が、壁ぎわに押しつけられている。壁も床も、打ちっぱなしのコンクリートだ。湿気があって寒い。薄暗い。

床の四隅にはクリスマスツリーが立っていた。

色とりどりのオーナメント。赤に金にと点滅する電飾。靴下や赤い実が吊《つ》りさがり、頂きにはひときわ大きな星が光る。

だが中心にそびえていたはずのツリーは、倒れていた。

廃品らしき型落ちの冷蔵庫の上へ、ななめに倒れている、まるで、なにかの支え棒でもあるかのように。

「……伊邪那岐《いざなぎ》は黄泉比良坂《よもつひらさか》を千引《ちび》きの岩でふさぎ、さらに持っていた杖《つえ》を投げ、『此《こ》処《こ》から此方《このほう》へは来るな』と告げた。この杖を岐神《くなど》という。また来名戸《くなと》の塞《さえ》ノ神《かみ》ともいう――……」

呻《うめ》くように、部長が言った。

「この杖も、もちろん聖木だ。冥界をふさぐには千引きの岩だけじゃなく、やはり聖木の力を借りなきゃいけないんだ……」

気づけば泉水は片腕ずつに部長と藍を、そして森司はこよみを両手で抱えていた。

――全員、おれか八神を摑め。いいと言うまで手を離すなよ。

――どこにつながってるかわからん。途中で置いていかれたくなかったら、離すな。

そういえば、行きに泉水さんがそう言ったっけ。

森司は放心しつつ思った。

その忠告を、無意識ながらに守ったらしい。部長と藍は泉水にまかせ、森司はこよみを連れて〝戻った〟というわけだ。

戻った証拠に、倉庫の床には五芒星がなかった。きれいに消えている。いやそもそも、こちらには最初から描かれていなかったのだろう。

床の真ん中には、金沢柳介らしき男が倒れていた。

左腕があらぬ方向にねじ曲がっている。だが、肘《ひじ》にあの目玉はなかった。森司はほっと安堵《あんど》の息を吐いた。

「――トキ子教授、は?」

藍がおそるおそる問う。

「いねえな」

「いないようだね」

泉水と部長が、同時に答えた。

「娘と一緒に消えたか、それとも、最初から実体はここになかったか……。それすらわからないよ。ぼくらなんかには、止めるので精いっぱいだ」

まったくだ、と森司は思った。いまだ冷たい床に座りこんだまま、視線を落とす。

胸もとに、こよみがしがみついていた。

彼の目線からはつややかな黒髪と、彼女のつむじが見えた。ああ、美少女はつむじの位置まで整っているんだな、などと場違いなことを考えつつ、

「あの……ごめん、灘」

森司は小声で謝った。

「ネクタイ、一本投げちゃった……。弁償するよ。もらったものに、弁償っていうのも変だけど……」

こよみは応答しない。それどころか、顔すら上げようとしない。

森司の胸にしっかりと顔を埋《うず》めている。全身で抱きつき、放すまいとしている。

一分近い静寂ののち、泉水が言った。

「――帰るか」

「そうね」

藍も同意し、立ちあがる。部長が森司に手を振った。

「八神くん、こよみくんは怖かったんだよ。自覚ないようだけど、きみ、けっこうすご

いことしたからね。しっかり慰めて、安心させたげて。……じゃあお二人さん、ちょっと寒いけどごゆっくり」

「え、そんな。待ってくださいよ」

こよみと部長を交互に見やって、森司は叫んだ。

「待ってください。夜中にこんなとこに置いてかないで。じつはおれ、ここからタクシーで帰れるほど現金が……」

倉庫の扉が開けはなたれた。

柳介をかついだ泉水の背中が、シルエットで浮かびあがる。夜闇はひんやりと湿り、ほのかに雪の匂いがした。

勢いよく吹きこむ凍えた風が、森司の両頬を強く打った。

エピローグ

HAUNTED CAMPUS

二十九日は、今年最後の登学日であった。

明日からは大学も正月休みだ。オカ研の部員一同は、

「全員でもクリスマスを祝っておこう」

との部長の言葉を容《い》れ、遅ればせながらのホールケーキを部室で囲んでいた。たっぷりの白い生クリームに、真っ赤な苺《いちご》。チョコ製のプレートの横には、糖衣をかぶったサンタ人形が据わっている。

「おつかれー！」

藍がグラスを掲げた。

「おつかれ」

「おつかれです」

全員で唱和する。むろん大学構内はアルコール禁止なため、グラスの中身は炭酸水かジンジャーエールだ。

「あー、今年もこれで終わりかあ」

藍が嘆息する。

「長かったような、そうでもなかったような。さすがに部長も、お正月くらいは部室を離れるんでしょ？」

「親戚《しんせき》のお年始があるからね。とはいえ研究室はどこも、培養してる菌とか酵母とかラットとか犬の世話があるから、完全な休みにはならないけど」

ケーキにフォークを入れつつ部長は応《こた》え、

「ところで藁科くんの動画、観た？」

と話を振った。即座に藍がうなずく。

「観た観た。一昨日《おととい》公開されたあれでしょ？　一日半で六十万回再生だっけ」

藁科貴大が『週刊ピークス』に依頼を受けてからの顛末《てんまつ》をすべて、動画で暴露したのは二十七日の午前零時半のことである。

ネットのアフィリエイトサイトで紹介されたおかげか、再生数はいまだ伸びつづけている。その余波で、彼がいままでに公開した動画も注目を浴びているようだ。

なお藁科本人は、

「学費が溜《た》まったら配信はやめる」

と公言しているようだ。

問題の『週刊ピークス』は、とくになんの発信もしていない。だが塙みゆりの弁護団は昨日、控訴を断念する意向をマスコミ関係者に洩《も》らしたという。

理由は塙みゆり本人が気力を失くしたことと、衣笠麗弁護士の離脱である。

どうやら衣笠弁護士は日本でのキャリアをあきらめ、異国で夫と暮らすことを決めたらしい。ネットでは「逃げるのか」「説明責任は？」などの声が湧いているものの、彼女は沈黙を貫いている。おそらくこのまま年越しとなるだろう。

「それはそうと、おれはまだ根に持ってるぞ」

泉水がペリエを壜《びん》ごと呷《あお》りながら、じろりと部長を睨《にら》む。

「藍と二人だけで乗りこむだの、幽霊から忠告をもらうだの……。おれに連絡が付くまで、なんで待たなかった」

部長が慌てて手を振って、

「いやいや、だって泉水ちゃん、バイトだったじゃない。八神くんたちはデートだしさ。邪魔しちゃ悪いと思ったんだよ。あ、そうだ。デートといえば」

とわかりやすく話題をそらした。

「白土澪子さん、あれから毎晩『Laguna』に顔を見せるらしいよ。マスターは日に日に彼女と親しくなってるようで、店のアドレスから『またいつでもいらしてください。サービスします！』って、うきうきのメールを三通も送ってきた」

「いいことしたわね」

藍がうなずいた。

つづけて「それより、泉水ちゃん」と左隣に顔を向ける。

「金沢柳介さんはどうなったの？　あたしたちは病院に連れてってただけだし、身内じゃないから、その後の容態は知りようがないのよね」

「桐吾先輩によれば、命に別状はないそうだ」

　泉水が言った。

「ただ左腕は、完全にもとどおりにはならんらしい。切断はまぬがれたが、『運動機能が三割から五割落ちるのは覚悟してほしい。さらに長期間のリハビリを要する』と医者に宣告されたそうだ。それを聞いて泡を食った両親が、また桐吾先輩を勘当するだなんだと騒いでる。さすがの先輩も、今度こそ家族に愛想を尽かしそうな塩梅《あんばい》だ」

「どうなるにせよ、桐吾さんにとって悔いのない結果ならそれでいいさ。……ところで誰か、ケーキのチョコプレート食べる？」

　部長が言った。

　森司と鈴木が「いえ」と手を振る。藍が「食べていいわよ」と手を振ってから、

「ねえ部長、肝心の陣内トキ子教授は？」

　と言いにくそうに問うた。

「そう、そこだよね」

　部長がチョコプレートをつまんで口に入れた。

「ぼくも気になって、あちこちの伝手《つて》をたどって調べてみた。そしたらトキ子教授は二十四日の夜、あの落雷と同日同時刻に、自宅で心臓発作を起こしていたよ」

「心臓発作？　亡くなったの？」

「いや。警備会社のメディカルアラームが作動し、救急車がただちに手配された。一命はとりとめたそうだ。現在も、まだ入院中らしい」

「例の人形は？」

「わからない。いまのところ、誰の口にものぼっていないようだ。あれほど目立つ異様な人形が何体もあれば、誰かがぽろっと他言しそうなもんだけどね。噂になってないってことは、穴とともに消失したか、それともまだ隠し持たれているか……」

しばし、気まずい沈黙が落ちた。

藍がぱんと手を叩《たた》いて、

「やめやめ！　あたしが悪かったわ。せっかくのホールケーキを前に、辛気くさい話題はやめましょ！　それはそうと、こよみちゃん、そのネックレス可愛い！　似合う！　どこで買ったのかなあ！」

と声を張り上げた。

さすがに白々しいです藍さん、と森司はまぶたを伏せた。カタログの時点で相談したんだから、当然知ってるじゃないですか。いや話題を変えるのは、おれも大賛成ですが——。そう思いつつうつむく。

しかし話を振られたこよみは、覿面《てきめん》に頬を染めた。

「あ、はい、これ……。八神先輩からの、プレゼントです」

怜悧《れいり》な横顔が、湯気を立てんばかりに火照る。頬どころか耳から首の付け根まで、一瞬にして真っ赤になる。

「ほんと言うと、もったいなくてしまっておきたいんです。けど毎日着けて歩きたい衝動に、どうしても勝てなくて。でもなくしたら困るから、だから、三日に一度くらいの頻度で着けようかなって――……」

気づけば、森司の顔まで真っ赤に染まっていた。

顔が上げられない。こよみをなにかフォローしようと思うのだが、声も出せない。

こわごわと視線だけを上げてみると、藍がこよみの頭をよしよしと撫《な》でていた。泉水は聞こえないふりをし、鈴木は手で口を覆ってそっぽを向いている。

そのなんともいえぬ空気を裂くように、

「うんうん。それはよかった」

部長がのんびりと言った。

「大変なことばかりのイヴだったから、苦労以外のものが残ってくれたのは嬉《うれ》しいよ。――そういえば八神くん、プレゼントといえば、例のネクタイはやっぱりなくなってたの？」

森司はケーキを飲みこんで、「あ、はい」とうなずいた。

「あとで箱を開けて確認したら、やっぱり三本のうち一本が消えてました。レジメンタル柄のやつがなかったです。でもあの場面でいつ手にしていたのか、いまだにわからなくって……」

「ぼくらの力だけで追いはらったわけじゃない、ってことだね」

部長がしみじみと声を落とす。

「この世界が何千年かの間、あれらに侵蝕《しんしょく》されずに済んできたのは偶然じゃあない。あくまで拮抗《きっこう》する力が在るからだ。闇と光――というより、〝黒と白〟かな。黒がはびころうとするとき、そこには必ず白がやってくるんだ。ぼくらはその危いバランスのはざまで、短い生を送っているに過ぎない」

自分の言葉にうなずいてから、彼は森司を見た。

「それはそうと、レジメンタルがなくなったら困るよね？　あれって一番使いやすい柄だもん。こよみくんの櫛《くし》と合わせて、ぼくが弁償しようか？」

「いえ、いいんです」

森司はかぶりを振った。

「じつはこの正月休みのうちに、買いなおす予定でして。あの――灘が、一緒に見立ててくれるって言うから。へへ。うへへへ」

われながら気持ちの悪い笑いを洩らしつつ、森司は頭を掻《か》いた。いや洩らすつもりはなかったのだが、勝手に口からこぼれ出た。

さすがの藍も、今回は泉水とともに聞こえぬふりを決めこんだようだ。鈴木はやはり、手で口を覆って宙へ視線を逃がしている。

「平和だねえ」

部長が、仏像のごとき半眼の表情で言った。

「ところでケーキがまだ残ってるよ。食べたい人、手ぇ挙げてー」

腕が数本挙がった。

「二杯目はコーヒーがいいですよね。わたし、淹《い》れます」

とこよみが立ちあがる。

この時点では、部員の誰も予感してはいなかった。テーブルの端に置かれた部長のスマートフォンが、五分後に鳴りはじめようとは。

そしてその送信者が雪大事務局の元職員であることも、もたらされる一報が陣内トキ子のニュース——彼女が「病室から消えた」との一報だということも、やはり知るよしはなかった。

引用・参考文献

『世界の謎と不思議百科』ジョン＆アン・スペンサー　金子浩訳　扶桑社ノンフィクション
『クリスマスの文化史』若林ひとみ　白水社
『クリスマス どうやって日本に定着したか』クラウス・クラハト／克美・タテノクラハト共著　角川書店
『クリスマスの起源』O・クルマン　土岐健治／湯川郁子訳　教文館
『カムイユカラと昔話』萱野茂　小学館
『グリム童話全集1』高橋健二訳　小学館
『グリム童話のなかの呪われた話』金成陽一　大和書房
『古事記』倉野憲司校注　岩波文庫
『日本神話の起源』大林太良　徳間文庫
『関敬吾著作集（六）比較研究序説』関敬吾　同朋舎
『ギリシア・ローマ神話』トマス・ブルフィンチ　大久保博訳　角川文庫
「紀州民話の旅」山口久仁夫採録『新都市　第37回都市計画全国大会和歌山県特集号』都市計画協会編
『妖怪玄談』井上円了　竹村牧男監修　大東出版社

本作は書き下ろしです。この作品はフィクションです。
実在の人物、団体等とは一切関係ありません。

ホーンテッド・キャンパス　待《ま》ちにし主《しゆ》は来《き》ませり
櫛《くし》木《き》理《り》宇《う》

角川ホラー文庫　22649

令和３年４月25日　初版発行

発行者――堀内大示
発　行――株式会社KADOKAWA
〒102-8177　東京都千代田区富士見2-13-3
電話 0570-002-301（ナビダイヤル）
印刷所――株式会社暁印刷
製本所――本間製本株式会社
装幀者――田島照久

●お問い合わせ
https://www.kadokawa.co.jp/（「お問い合わせ」へお進みください）
※内容によっては、お答えできない場合があります。
※サポートは日本国内のみとさせていただきます。
※Japanese text only

ISBN978-4-04-111235-9　C0193

◇◇◇

角川文庫発刊に際して

角　川　源　義

第二次世界大戦の敗北は、軍事力の敗北であった以上に、私たちの若い文化力の敗退であった。私たちの文化が戦争に対して如何に無力であり、単なるあだ花に過ぎなかったかを、私たちは身を以て体験し痛感した。西洋近代文化の摂取にとって、明治以後八十年の歳月は決して短かすぎたとは言えない。にもかかわらず、近代文化の伝統を確立し、自由な批判と柔軟な良識に富む文化層として自らを形成することに私たちは失敗して来た。そしてこれは、各層への文化の普及滲透を任務とする出版人の責任でもあった。

一九四五年以来、私たちは再び振出しに戻り、第一歩から踏み出すことを余儀なくされた。これは大きな不幸ではあるが、反面、これまでの混沌・未熟・歪曲の中にあった我が国の文化に秩序と確たる基礎を齎らすためには絶好の機会でもある。角川書店は、このような祖国の文化的危機にあたり、微力をも顧みず再建の礎石たるべき抱負と決意とをもって出発したが、ここに創立以来の念願を果すべく角川文庫を発刊する。これまで刊行されたあらゆる全集叢書文庫類の長所と短所とを検討し、古今東西の不朽の典籍を、良心的編集のもとに、廉価に、そして書架にふさわしい美本として、多くのひとびとに提供しようとする。しかし私たちは徒らに百科全書的な知識のジレッタントを作ることを目的とせず、あくまで祖国の文化に秩序と再建への道を示し、この文庫を角川書店の栄ある事業として、今後永久に継続発展せしめ、学芸と教養との殿堂として大成せんことを期したい。多くの読書子の愛情ある忠言と支持とによって、この希望と抱負とを完遂せしめられんことを願う。

一九四九年五月三日